PRÉCIS DE RHÉTORIQUE

SUIVI

DES RÈGLES

AUXQUELLES SONT ASSUJETTIS

LES DIFFÉRENTS OUVRAGES DE LITTÉRATURE,

PAR

VICTOR JUBIEN,
Professeur à Maurice.

PARIS
IMPRIMERIE DIVRY ET Cie,
Rue Notre-Dame des Champs, 49.
1863

PRÉCIS DE RHÉTORIQUE.

AVIS DE L'ÉDITEUR.

La première édition de ce *Précis de rhétorique et de littérature*, publiée à Maurice en 1818, offrait déjà à l'enseignement un plan bien tracé et des idées larges ; mais l'excellente *Rhétorique* de Le Clerc, qui, quelques années après, est venue apprendre à M. Jubien que son ouvrage renfermait des répétitions inutiles, devait y apporter quelques changements. Toutefois, en tenant compte des progrès que Le Clerc a fait faire à cette branche de l'enseignement, M. Jubien a évité cette spécialité qui rapporte tout à l'éloquence du barreau, et c'est en cela seulement que la nouvelle édition qu'il offre au public et à ses élèves diffère des abrégés qu'on a faits de la *Rhétorique* de Le Clerc.

PRÉCIS

DE

RHÉTORIQUE

SUIVI

DES RÈGLES

AUXQUELLES SONT ASSUJETTIS

LES DIFFÉRENTS OUVRAGES DE LITTÉRATURE,

PAR

VICTOR JUBIEN,

Professeur à Maurice.

PARIS

IMPRIMERIE DIVRY ET Cie,

Rue Notre-Dame des Champs, 49.

1863

PRÉCIS

DE

RHÉTORIQUE.[1]

La RHÉTORIQUE est l'art de bien dire : *bien dire*, c'est exprimer les pensées qui conviennent au sujet de manière qu'elles impriment dans l'âme des autres les sentiments dont on est soi-même pénétré. Remarquez que l'on peut être fort éloquent sans persuader.

L'*éloquence* est la faculté d'agir sur l'esprit, sur la volonté même par la parole écrite ou articulée ; c'est une manière naturelle de parler ou d'écrire qui a ordinairement pour objet d'instruire, de plaire et de toucher et que la rhétorique peut développer.

DES TROIS GENRES D'ÉLOQUENCE.

Les sujets susceptibles d'éloquence peuvent se réduire à trois classes ou genres : le *genre démonstra-*

(1) La *Rhétorique* de Le Clerc, les nouvelles Études françaises par Châteaubriand et Lamartine, et les ouvrages de E. Lefranc, sont les sources où j'ai puisé.

tif, le *genre délibératif* et le *genre judiciaire*. Mais chacun de ces genres a sous lui une infinité d'espèces.

Le *genre démonstratif* a pour objet la louange ou le blâme : à ce genre appartiennent les éloges, les oraisons funèbres, les satires, etc.

Le *genre délibératif* s'occupe des discours qui ont pour objet la décision d'une question importante : l'orateur conseille ou dissuade ; il montre les avantages ou les pertes qu'une démarche, une action, peut entraîner avec elle. A ce genre appartiennent les discours de la tribune politique, etc.

Le *genre judiciaire* a pour objet les questions de fait ou de droit portées devant les tribunaux : l'orateur accuse ou défend et s'appuie de l'autorité des lois (1).

DIVISION DE LA RHÉTORIQUE.

La rhétorique se divise en trois parties : l'*invention*, la *disposition* et l'*élocution*. A ces trois parties de l'art oratoire on en ajoute une quatrième, l'*action*, qui renferme la prononciation et le geste.

(1) On doit mettre sous les yeux des élèves des exemples de ces différents genres d'éloquence.

PREMIÈRE PARTIE.

L'INVENTION.

L'*invention* est l'art de trouver les pensées, les raisonnements qui doivent composer le fond du discours.

L'écrivain n'invente pas toujours le sujet; le plus souvent il n'invente que les pensées, les raisonnements qui conviennent au sujet. Les arguments ou raisonnements se divisent en *arguments proprement dits* et en *lieux communs*.

DES ARGUMENTS PROPREMENT DITS.

Bien que, pour trouver les arguments ou raisonnements qui doivent composer le fond du discours, l'orateur puisse se passer des règles de la logique, nous ferons connaître les principaux arguments dont il tire des conséquences pour prouver ce qui est en question. Ces arguments sont : le *syllogisme*, l'*enthymème*, l'*épichérème*, le *sorite*, le *dilemme*, l'*exemple*, l'*induction* et l'*argument personnel*.

1° Le *syllogisme* est composé de trois propositions :

la *majeure*, la *mineure* et la *conséquence* ou *conclusion*. —Les deux premières propositions se nomment aussi les *prémisses*. Exemple : Il faut acquérir des connaissances utiles; or, l'étude de sa langue maternelle et celle des mathématiques sont d'une utilité incontestable; donc il faut étudier sa langue maternelle et les mathématiques.

2° L'*enthymème* n'a que deux propositions énoncées, mais on en sous-entend une autre, qu'il est toujours facile de suppléer : la première de ces propositions se nomme *antécédent*, et la seconde *conséquent*. Exemple : L'étude de sa langue maternelle est d'une utilité indispensable ; donc il faut étudier sa langue maternelle.

3° L'*épichérème* est un syllogisme dans lequel chacune des prémisses est appuyée de sa preuve. Exemple : Il faut aimer ce qui nous rend plus parfaits, c'est un sentiment que Dieu a mis dans nos cœurs; or, la morale chrétienne nous rend plus parfaits, car elle corrige nos mœurs et nous porte à aimer les hommes; donc il faut aimer la morale chrétienne.

4° Le *sorite* est formé de plusieurs propositions unies les unes aux autres, et suivies d'une conséquence ou conclusion. Cet argument est captieux lorsque la conclusion ne convient pas à toutes les propositions prises séparément. Exemple : Paul, qui a mangé des amandes sèches, boit bien; or, celui qui boit bien dort bien, celui qui dort bien ne pèche pas, et celui qui ne pèche pas sera sauvé; donc Paul sera sauvé.

5° Le *dilemme* est composé de plusieurs propositions différentes ou contraires. L'orateur emploie cet argument pour renverser les moyens de défense que présente la cause de son adversaire. — Cicéron dit à Cécilius : « Que ferez-vous d'un chef si important ? « L'opposerez-vous à l'accusé ou le passerez-vous « sous silence? Si vous le lui opposez, ferez-vous un « crime à autrui de ce que vous avez fait vous-même « dans le même temps, dans la même province? Oserez-vous accuser autrui au risque de vous condamner vous-même? Si vous n'en parlez pas, que « sera-ce que votre accusation, où, de peur de vous « compromettre, vous serez contraint de ne pas laisser soupçonner l'accusé d'un tel crime, de ne pas « même en parler. »

6° L'*exemple* est un syllogisme dont la majeure est appuyée d'un fait. Exemple : Il est contraire aux intérêts d'un peuple de porter la guerre dans les pays qui l'avoisinent : les Thébains se sont mal trouvés d'avoir porté la guerre dans la Phocide; donc les Athéniens ne doivent pas déclarer la guerre aux Thébains.

7° L'*induction* est un argument par lequel l'orateur tire de l'énumération des parties une conclusion générale ou principale. Exemple : Néron chez les Romains, et Robespierre chez les Français, aussi bien que les scélérats d'une classe inférieure, ont vainement cherché le bonheur dans le crime; donc le bonheur n'est pas le partage des méchants.

8° L'*argument personnel* est une espèce d'enthymême qui renverse, par les propres faits de l'adversaire, les preuves qu'il pourrait donner. — Ligarius est accusé par Tubéron de s'être battu en Afrique contre César; Cicéron dit, pour sa défense : « Quel « est celui qui lui fait un crime de s'être battu contre « César ? Un homme qui aurait voulu être lui-même « en Afrique, qui s'est plaint de ce que Ligarius lui « en avait défendu l'entrée, qui a lui-même porté « les armes contre César. Répondez, Tubéron, que « faisait votre épée nue à la bataille de Pharsale ? « dans quel sein vouliez-vous la plonger ? »

DES LIEUX COMMUNS.

Les *lieux communs* ou arguments généraux sont des sources où l'orateur peut puiser pour prouver ce qui est en question. Il y a deux sortes de lieux communs : les lieux communs *intrinsèques* ou inhérents au sujet, et les lieux communs *extrinsèques* ou hors du sujet.

LIEUX COMMUNS INTRINSÈQUES.

Les principaux lieux communs intrinsèques sont : la *définition*, l'*énumération des parties*, le *genre* et l'*espèce*, la *comparaison*, les *contraires*, les *choses qui répugnent entre elles*, les *circonstances*, les *antécédents* et les *conséquents*, la *cause* et l'*effet*.

1° La *définition* oratoire tire de la nature même de la chose dont on parle un argument propre à persuader ce qu'on veut prouver. On ne doit, dans la définition, ni omettre les principaux arguments qui appartiennent au sujet, ni insister sur des circonstances peu intéressantes. Exemple : L'orateur digne d'être écouté est celui qui ne se sert de la parole que pour la pensée, et de la pensée que pour la vérité et la vertu. (Fénelon.)

Ainsi, la définition oratoire accumule les traits, les circonstances qui caractérisent la chose, et anime le tableau qu'elle en fait des couleurs les plus vives et les plus brillantes qu'offre le sujet ; et la définition poétique est plus brillante et plus variée encore ; elle jette ses couleurs dans le discours de manière que le mélange des ombres et de la lumière ajoute à leur éclat. J.-B. Rousseau définit ainsi le temps.

> Ce vieillard qui, d'un vol agile,
> Fuit toujours, sans être arrêté ;
> Le temps, cette image mobile
> De l'immobile éternité.

Une École. — Qu'est-ce qu'une école ? — C'est une troupe de petits mutins, armés de livres, de plumes et de cahiers, qu'il faut assujettir à l'obéissance ; de jeunes étourdis qui, sans songer que souvent le rang et la fortune dépendent du travail que l'on exige d'eux, ne sont sages et appliqués que dans la crainte des punitions ou l'espoir des récompenses ; d'esprits légers, qu'il faut plier aux connaissances sérieuses ; de babillards, qu'il faut accoutumer au silence ; d'impatients, toujours prêts à quitter l'étude pour le jeu, qu'il faut accoutumer à la constance. Quelle prudence ne faut-il pas pour diriger vers un même but tant de fantaisies différentes? Comment se faire craindre sans infliger de punition? et comment se faire aimer sans relâcher de la discipline nécessaire? (V. JUBIEN.)

Plus rigoureuse, la définition logique doit convenir à tout ce qui est défini, et seulement à ce qui est défini. (Voyez, dans la *Grammaire*, la définition des différentes espèces de mots.)

2° *L'énumération des parties* est un dénombrement, ou une idée principale développée de manière à présenter plusieurs idées accessoires. Exemple :

Dieu donne aux fleurs leur aimable peinture ;
Il fait naître et mûrir les fruits ;
Il leur dispense avec mesure
Et la chaleur des jours, et la fraîcheur des nuits :
Le champ qui les reçut les rend avec usure.
Il commande au soleil d'animer la nature,
Et la lumière est un don de ses mains ;
Mais sa loi sainte, sa loi pure
Est le plus riche don qu'il ait fait aux humains.

3° Le *genre* et l'*espèce* constituent un argument qui prouve que ce qui est vrai du genre est vrai aussi de l'espèce, et réciproquement. Exemple : Il faut aimer la modestie, parce qu'il faut aimer la vertu et que la modestie est une vertu.

4° La *comparaison* est un argument qui compare deux choses ensemble pour en tirer une conséquence. — Cet argument est ou d'égalité, ou d'infériorité, ou de supériorité : Si l'on ne blâme pas Hugues Capet d'avoir usurpé la couronne, pourquoi blâmer Napoléon, qui a fait la même chose? — Les comparaisons développent la pensée et lui donnent de la force ou de la grâce; mais elles doivent être justes et faciles à saisir. Malherbe compare une jeune personne à une rose :

> Elle était de ce monde, où les plus belles choses
> Ont le pire destin ;
> Et rose elle a vécu ce que vivent les roses,
> L'espace d'un matin.

5° Les *contraires* consistent à dire qu'une chose n'est pas, pour prouver ce qu'elle est. Exemple : Le vrai sage n'est pas celui qui dit : aimez la sagesse ; c'est celui qui la pratique.

6° Les *choses qui répugnent* entre elles servent à prouver l'impossibilité d'un fait : On accuse Pierre d'avoir tué Paul; mais il n'avait nul intérêt à sa mort, et, quand Paul a été assassiné, Pierre était loin de lui; il répugne qu'il soit l'auteur de ce meurtre.

7° Les *circonstances* sont les arguments que l'on tire de ce qui accompagne un fait; du lieu, des motifs, etc. Milon n'a pu tendre des embûches à Clodius, car il était dans une voiture, enveloppé d'habits embarrassants, accompagné de son épouse et de plusieurs autres femmes.

8° Les *antécédents* et les *conséquents* sont des arguments tirés de ce qui a précédé ou de ce qui a suivi un fait : Vous aviez menacé cet homme; on vous a trouvé près du lieu où il a été tué; vous vous êtes tenu caché pendant plusieurs jours.

9° La *cause* et l'*effet* donnent lieu à des arguments que l'on emploie pour louer ou pour blâmer un fait.

L'effet est la suite nécessaire de la cause, ou des causes qui l'on produit. La cause du dévouement des Horace était l'amour de la patrie ; et l'effet était la gloire, le salut de Rome.

LIEUX COMMUNS EXTRINSÈQUES.

Les principaux lieux communs extrinsèques sont : la *loi* et les *titres*, la *renommée*, le *serment* et les *témoins*.

La *loi* et les *titres* sont du domaine de la jurisprudence.

Observez qu'il y a deux espèces de droits ou lois : le droit naturel, qui est écrit dans le cœur de tous les hommes ; et le droit civil qui astreint tous les habitants d'un pays, d'une ville, à faire ou à ne pas faire certaines choses. Mais, pour faire une impression favorable, l'orateur doit, s'il est possible, intéresser le plus grand nombre à sa cause, ou prouver que ce que demande l'adversaire est préjudiciable aux intérêts de tous.

La *renommée* sans tache parle en faveur de l'accusé. La renommée entachée de mauvaise foi ou de crime prouve contre l'accusé.

Le *serment*, cet acte sacré, à plus ou moins de poids dans la balance du juge, selon que la renommée des témoins est irréprochable ou entachée.

Mais l'orateur puise peu dans ces sources, il tire du fond même de son sujet les argument propres à porter la persuasion dans le cœur des juges.

DES MŒURS.

Les *mœurs oratoires* sont les qualités qui disposent favorablement l'esprit des juges. Ces qualités sont : la probité, la modestie, les hauts faits et les talents supérieurs.

Les paroles de l'orateur doivent porter l'empreinte de la justice, de la vertu et de l'humanité.

Chaque âge a ses plaisirs, son esprit et ses mœurs.
(BOILEAU.)

Le caractère des jeunes gens n'est pas celui de l'homme fait; et le caractère de l'homme fait n'est pas celui des vieillards.

Les jeunes gens sont téméraires et remplis d'espérances chimériques; mais crédules, sans détours, bons et obligeants.

Les vieillards sont sages, prévoyants; mais craintifs et rétrécis dans leurs idées.

L'homme fait n'est point maîtrisé par ses passions; il n'a ni la témérité de la jeunesse, ni les craintes du vieil âge.

L'homme puissant est humain, sensible, ou dur, intraitable; il est juste, ou il se met au-dessus des lois.

L'homme pauvre, s'il appartient aux dernières classes de la société, et s'il est dépourvu de talents, est timide et rampant quand il est sans appui; mais, enhardi par l'impunité, il est audacieux et bassement cruel. Ce caractère n'est pas toujours celui du peuple; l'héroïque population de Paris a donné dans les trois journées (juillet 1830) l'exemple d'une grande modération.

DES PASSIONS.

La vérité toute nue ne serait pas accueillie favorablement de tous; et, souvent, pour persuader les hommes, il faut leur plaire et les toucher.

Les passions oratoires sont les impressions que font sur les juges les arguments de l'orateur. L'orateur doit être pénétré des sentiments qu'il veut inspirer à ses auditeurs; et les passions ont chacune un langage différent. La douleur s'exprime lentement; elle demande de la douceur, de l'harmonie, et, quelquefois, de ces suspensions qui peignent avec tant de vérité les mouvements de l'âme oppressée. Le langage de l'indignation est rapide et animé; celui de la joie est naturel, négligé. Boileau a dit :

Pour me tirer des pleurs, il faut que vous pleuriez.

Ce précepte est vrai, mais c'est la nature qui fait l'orateur; et si ses mouvements avaient quelque chose de forcé, si l'on y remarquait une douleur étudiée, loin de faire pleurer, il ferait rire infailliblement.

SECONDE PARTIE.

LA DISPOSITION.

La *disposition* est l'art de classer dans l'ordre le plus propre à les faire valoir, les pensées, les arguments fournis par l'invention. Il ne suffit pas que, dans un discours, les pensées soient justes et clairement rendues,

Il faut que chaque chose y soit mise en son lieu :
Que le début, la fin, répondent au milieu ;
Que d'un art délicat les pièces assorties
N'y fassent qu'un seul tout de diverses parties.
(BOILEAU.)

Le discours oratoire peut avoir six parties, qui sont : l'*exorde*, la *proposition*, la *narration*, la *confirmation*, la *réfutation* et la *péroraison*. Mais toutes ces parties ne se trouvent que dans les grands sujets ; dans les causes ordinaires, l'orateur se borne à narrer les faits, à établir ses moyens de défense et à répondre aux arguments de son adversaire.

L'*exorde* est la première partie du discours oratoire, et il en est comme le sommaire : sans paraître le faire à dessein, il réclame l'attention et la bienveillance des auditeurs. La simplicité du style et la modestie de l'orateur atteignent ordinairement le but que se propose l'exorde ; mais dans les causes sublimes, il doit prendre un ton plus élevé.

Dans les sujets dramatiques, l'exorde prend le nom d'exposition. Boileau a dit :

Que, dès les premiers vers, l'action préparée,
Sans peine du sujet aplanisse l'entrée.

Ces préceptes s'appliquent généralement à tous les ouvrages de littérature qui ont quelque étendue, et nous donnerons pour exemple les premiers vers d'une fable de la Fontaine (*le Loup et l'Agneau*) :

Un agneau se désaltérait
Dans le courant d'une onde pure,
Un loup survint à jeun, qui cherchait aventure,
Et que la faim en ces lieux attirait :
— Qui te rend si hardi de troubler mon breuvage ?
Dit cet animal plein de rage ;
Tu seras châtié de ta témérité.
— Sire, répond l'agneau, que Votre Majesté
Ne se mette pas en colère,
Mais plutôt qu'elle considère
Que je me vas désaltérant
Dans le courant
Plus de vingt pas au-dessous d'elle.

On distingue quatre sortes d'exordes : l'*exorde simple*, l'*exorde pompeux*, l'*exorde par insinuation* et l'*exorde violent ou brusque*.

La *proposition* peut être renfermée dans l'exorde, ou terminer la narration ; elle indique aux juges l'objet de la discussion, et sur quoi ils doivent prononcer.

S'il y a deux choses à prouver, le discours aura deux propositions. La division des propositions doit être entière, une, précise, claire et graduée.

La *narration* est l'exposition d'un fait : elle doit être assortie à l'utilité de la cause. Narrer, c'est raconter une chose vraie ou fausse, et la narration doit être claire, courte, vraie ou vraisemblable. Observez que la brièveté dans le discours oratoire, aussi bien que dans le poëme dramatique, etc., ne consiste pas toujours à dire peu ; que cette brièveté consiste à ne rien dire de trop où de déplacé.

Le style de la narration varie suivant le sujet que l'on traite : la tragédie veut un style noble et pittoresque ; l'apologue est précis et naturel, mais riant et varié ; l'histoire n'emprunte ni la pompeuse diction de la tragédie, ni les futiles ornements de l'apologue ; elle raconte avec clarté et précision les événements qui intéressent les hommes.

Bien que la situation semble rejeter le récit que fait Théramène de la mort d'Hippolyte, parce que ce récit est trop long et peut-être trop beau, nous avons cru devoir le mettre sous les yeux de la jeunesse :

A peine nous sortions des portes de Trézène,
Il était sur son char ; les gardes affligés
Imitaient son silence autour de lui rangés ;
Il suivait tout pensif le chemin de Mycènes ;
Sa main sur les chevaux laissait flotter les rênes ;
Ses superbes coursiers, qu'on voyait autrefois
Pleins d'une ardeur si noble obéir à sa voix,
L'œil morne maintenant, et la tête baissée,
Semblaient se conformer à sa triste pensée.

Un effroyable cri, sorti *du fond* (1) des flots,
Des airs en ce moment a troublé le repos ;
Et du sein de la terre une voix formidable
Répond en gémissant à ce cri redoutable.
Jusqu'au fond de nos cœurs notre sang s'est glacé ;
Des coursiers attentifs le crin s'est hérissé.
Cependant, sur le dos de la plaine liquide
S'élève à gros bouillons une montagne humide :
L'onde approche, se brise et vomit à nos yeux,
Parmi des flots d'écume, un monstre furieux :
Son front large est armé de cornes menaçantes,
Tout son corps est couvert d'écailles jaunissantes ;
Indomptable taureau, dragon impétueux,
Sa croupe se recourbe en replis tortueux ;
Ses longs mugissements font trembler le rivage.
Le ciel avec horreur voit ce monstre sauvage ;
La terre s'en émeut, l'air en est infecté ;
Le flot qui *l'apporta recule* (2) épouvanté.
Tout fuit ; et, sans s'armer d'un courage inutile,
Dans le temple voisin chacun cherche un asile.
Hippolyte lui seul, digne fils d'un héros,
Arrête ses coursiers, saisit ses javelots,
Pousse au monstre, et, d'un dard lancé d'une main sûre,
Il lui fait dans le flanc une large blessure.
De rage et de douleur, le monstre bondissant,
Vient aux pieds des chevaux tomber en mugissant,
Se roule, et leur présente une gueule enflammée
Qui les couvre de feu, de sang et de fumée ;
La frayeur les emporte, et, sourds à cette fois,
Ils ne connaissent plus ni le frein ni la voix.
En efforts impuissants leur maître se consume ;
Ils rougissent le mors d'une sanglante écume.

(1) Aucun animal ne pouvant pousser des cris *du fond des flots*, la prose ordinaire rejette cette expression.

(2) La construction grammaticale, qui demandait le passé indéfini, eût privé la phrase poétique d'une image sublime : on croit voir le flot de la mer, et l'on sent la frayeur que dut inspirer le monstre vomi sur le rivage.

On dit qu'on a vu même, en ce désordre affreux,
Un dieu qui d'aiguillons pressait leurs flancs poudreux.
A travers les rochers la peur les précipite ;
L'essieu crie et se rompt ; l'intrépide Hippolyte
Voit voler en éclats tout son char fracassé ;
Dans les rênes lui-même il tombe embarrassé.....
Excusez ma douleur!..... Cette image cruelle
Sera pour moi de pleurs une source éternelle.
J'ai vu, seigneur, j'ai vu votre malheureux fils
Traîné par les chevaux que sa main a nourris.
Il veut les rappeler et sa voix les effraie :
Ils courent. Tout son corps n'est bientôt qu'une plaie.
De nos cris douloureux la plaine retentit ;
Leur fougue impétueuse enfin se ralentit.
Ils s'arrêtent non loin de ces tombeaux antiques
Où des rois ses aïeux sont les froides reliques.
J'y cours en soupirant et sa garde me suit.
De son généreux sang la trace nous conduit :
Les rochers en son teints ; les ronces dégouttantes
Portent de ses cheveux les dépouilles sanglantes.
J'arrive, je l'appelle, et, me tendant la main,
Il ouvre un œil mourant qu'il referme soudain :
« Le ciel, dit-il, m'arrache une innocente vie.
« Prends soin, après ma mort, de la triste Aricie.....
« Cher ami, si mon père, un jour désabusé,
« Plaint le malheur d'un fils faussement accusé,
« Pour apaiser mon sang et mon ombre plaintive,
« Dis-lui qu'avec douceur il traite sa captive,
« Qu'il lui rende..... » A ce mot, *ce héros expiré* (1)
N'a laissé dans mes bras qu'un corps défiguré :
Triste objet où des dieux triomphe la colère,
Et que méconnaîtrait l'œil même de son père.

(Racine.)

La *confirmation* ou preuve, doit prouver clairement la vérité du fait présenté par l'exorde et la nar-

(1) *Expiré*, dans le sens propre, se joint au verbe avoir, et la grammaire veut qu'on exprime ce verbe avant le participe.

ration : les preuves doivent être appuyées sur des lois ou sur des principes clairs et incontestables; elles doivent être graduées de manière que les plus fortes soient présentées les dernières; et s'il est possible, elles ne doivent former qu'un tout. Enfin, elles ne doivent point être noyées dans un déluge de mots.

> Tout ce qu'on dit de trop est fade et rebutant,
> L'esprit rassasié le rejette à l'instant.
>
> (BOILEAU.)

La *réfutation* a pour objet de renverser les preuves contraires à celles que nous avons présentées.

Si l'orateur ne peut nier le fait, il prouvera que les arguments de l'adversaire sont étrangers à sa cause.

L'ironie est un moyen de réfutation dont l'orateur n'use qu'avec beaucoup de réserve, et seulement lorsque les preuves de son adversaire ont fait peu d'impression.

Il peut combattre par l'ironie, la *pétition de principe*, qui consiste à répondre la même chose que ce qui est en question, mais en termes différents. La *confusion de la cause avec l'effet*, qui consiste à prendre pour cause d'un effet ce qui n'est pas cause; et, généralement, tous les sophismes ou arguments captieux.

La *péroraison* est une espèce d'analyse du discours; elle renferme le résumé des preuves les plus fortes que l'orateur a développées dans la confirmation.

TROISIÈME PARTIE.

L'ÉLOCUTION.

L'élocution est l'expression de la pensée par la parole; elle a pour objet le choix et l'arrangement des mots, c'est-à-dire le style et le tour.

Le *style* est tout à la fois les expressions qu'emploient les idées du discours et l'ordre dans lequel les idées sont énoncées. Le *tour* n'est que la manière dont les idées sont énoncées : une suite de phrases constitue le style; le changement subit de l'allure des phrases constitue le tour.

DES QUALITÉS GÉNÉRALES DU STYLE.

Le style doit être pur, correct, et il doit avoir de la clarté, de la précision et de l'harmonie.

L'expression est propre ou figurée; et le style doit être, selon la pensée, simple, tempéré ou sublime.

Le tour doit être facile, gracieux et peu commun.

Le style est *pur* quand il n'emploie que des expression avouées par les règles du langage, et que les expressions conviennent aux pensées.

La *clarté* du style veut que l'on évite les constructions vicieuses, les inversions forcées, les termes équivoques, etc.

La *précision* n'emploie que les termes nécessaires à l'expression de la pensée; et, dans le concours de plusieurs termes elle choisit ceux qui sont les plus justes, si pourtant ces termes sont propres à l'effet que l'on veut produire, et s'ils ne troublent point l'harmonie de la phrase. Observez qu'on écrit mal quand on veut tout dire, et quand on veut avoir trop d'esprit.

L'*harmonie du style* dépend du choix des mots et de l'arrangement de ces mots dans la phrase; du mélange des syllabes longues et des syllabes brèves; des mots qui ont plusieurs syllabes avec ceux qui n'ont qu'une ou deux syllabes. Si quelquefois l'*e* muet final se brise sur une voyelle, si la période est terminée avec grâce, l'oreille éprouve un charme qui laisse une impression durable.

Cette strophe, où Le Franc de Pompignan fait allusion à la disgrâce de J.-B. Rousseau, est un des modèles que Voltaire aimait à citer :

Le Nil a vu, sur ses rivages,
Les noirs habitants des déserts
Insulter, par leurs cris sauvages,
L'astre éclatant de l'univers.
Cris impuissants, fureurs bizarres !
Tandis que ces monstres barbares
Poussaient d'insolentes clameurs,
Le dieu, poursuivant sa carrière,
Versait des torrents de lumière
Sur ses obscurs blasphémateurs.

La grâce et l'harmonie du style se font également remarquer dans la pièce suivante :

Entre mes doigts guide ce lin docile,
Pour mon enfant, tourne, léger fuseau ;
Quand tu soutiens sa vie encore débile,
Tourne sans bruit auprès de son berceau.

Paisible, il dort du sommeil de son âge,
Sans pressentir mes douloureux tourments ;
Reine du ciel, accorde-lui longtemps
Ce doux repos qui n'est plus mon partage.
Pour mon enfant, tourne, léger fuseau,
Tourne sans bruit auprès de son berceau.

Tendre arbrisseau menacé par l'orage,
Privé d'un père, où sera ton appui ?
A ta faiblesse il ne reste aujourd'hui
Que mon amour, mes soins et mon courage.
Pour mon enfant, tourne, léger fuseau,
Tourne sans bruit auprès de son berceau.

Marie, ô toi que le chrétien révère,
Ma faible voix s'anime en t'implorant ;
Ton divin Fils est né pauvre et souffrant,
Ah ! prends pitié des larmes d'une mère !
Pour mon enfant, tourne, léger fuseau,
Tourne sans bruit auprès de son berceau.

Lorsque tout dort, je travaille et je veille ;
La paix des nuits ne ferme plus mes yeux :
Permets du moins, appui des malheureux,
Que ma douleur jusqu'au matin sommeille.
Pour mon enfant, tourne, léger fuseau,
Tourne sans bruit auprès de son berceau.

(Mme TASTU.)

Les sons doivent être doux ou rudes selon la pensée ou l'image. Quelle douce harmonie, et surtout, quelle image vraie nous offrent ces vers :

Ou lorsque le héron, les ailes étendues,
De nos marais s'élance et se perd dans les nues!
(DELILLE.)

Quelle vérité, aussi, nous présente ce vers du même auteur :

J'entends crier la dent de la lime mordante.

L'harmonie imitative doit s'offrir d'elle-même; l'écrivain ne doit point courir après.

Le style manque ordinairement de correction ou d'harmonie, lorsqu'il est trop uniforme :

Sans cesse, en écrivant, variez vos discours.
(BOILEAU.)

Quelquefois les épithètes donnent de la grâce ou de l'harmonie à la phrase ; mais les bons écrivains sont avares d'épithètes. Toute épithète qui n'ajoute rien aux qualités que doit avoir le style est vicieuse.

Les épithètes sont bien employées dans ces vers :

Et la rame *inutile*
Fatigua vainement une mer *immobile*.
(RACINE.)

Un jour sur ses *longs* pieds allait, je ne sais où,
Le héron au *long* bec emmanché d'un *long* cou.
(LA FONTAINE.)

Mais dans ces vers de Boileau, *le plus* est une épithète vicieuse ; et il en est de même des adjectifs qui n'ajoutent rien à la signification du substantif, comme un prodige *étonnant* :

> Sans la langue, en un mot, l'auteur *le plus divin*
> Est toujours, quoi qu'il fasse, un mauvais écrivain.

Les alliances de mots qui consistent à combiner heureusement des mots pour les ennoblir ou pour leur donner une acception nouvelle, peuvent orner le style.

Chatouiller, qui appartient au style simple, familier, est ennobli dans les vers suivants, par l'alliance des mots avec lesquels il est employé :

> Ces noms de roi des rois et de chef de la Grèce
> Chatouillaient de mon cœur l'orgueilleuse faiblesse.
> (RACINE.)

Corneille pour peindre l'homme dégoûté des grandeurs qu'il avait tant désirées, dit :

> Et, monté sur le faîte, il aspire à descendre.

Aspirer, qui ordinairement s'emploie avec *s'élever*, acquiert, en se joignant à *descendre*, une acception nouvelle.

DES QUALITÉS PARTICULIÈRES DU STYLE.

La rhétorique ne distingue, ordinairement, que trois sortes de styles : le style simple, le style tempéré et le style sublime; mais l'écrivain observe un grand nombre de nuances entre ces caractères différents de l'élocution.

Avant de faire connaître ces trois caractères principaux, nous parlerons des pensées auxquelles ils sont comme inhérents.

DES PENSÉES.

Les pensées sont naturelles, naïves, agréables, délicates, nouvelles, nobles, fortes ou sublimes.

Les pensées naturelles sont puisées dans la nature : elles ont une simplicité qui les fait aimer. Les pensées naïves ont une ingénuité qui éloigne la défiance ou qui cause une espèce de surprise :

> Pour charmer l'ennui de la route,
> Grétry, sa lyre en main, traversait l'Achéron :
> — Ramez donc, dit-il à Caron ;
> Que faites-vous ? — *Ma foi, j'écoute !*

L'agrément des pensées vient des objets qu'elles présentent à l'esprit. Les pensées délicates cachent, sous une gaze fine, le sens qu'elles renferment, pour que nous puissions facilement le découvrir. Les *pensées nouvelles* sont celles que l'on a nouvellement imaginées ; mais on appelle aussi *pensées nouvelles* celles qui sont exprimées d'une manière nouvelle. Les *pensées nobles* ont un caractère de grandeur ou de désintéressement. Les *pensées fortes* ont une véhémence ou une solidité qui fait une forte impression. Les *pensées sublimes* sont des modèles parfaits du beau ; elles élèvent l'âme ou la frappent comme un éclair. Cette pensée de Moïse est sublime : *Dieu dit : que la lumière soit, et la lumière fut.* La réponse que fait le vieil Horace quand on lui dit qu'on a vu fuir celui de ses fils que la mort avait épargné, est sublime : Que vouliez-vous qu'il fît contre trois ? dit Julie. *Qu'il mourût !* répond ce père indigné.

DE LA PÉRIODE.

La *période* est une pensée principale qui, avec les pensées accessoires qui en dépendent, forme un sens qui ne se termine qu'au dernier repos, lequel est commun à toutes. Chacune de ces pensées prise séparément se nomme membre de période.

C'est du choix des mots et de leur arrangement dans la phrase que résulte ce tout qu'on appelle *nombre périodique*.

Le *style simple* est celui de la bonne conversation, celui des lettres familières, des mémoires, de certains dialogues, etc. ; il convient aux pensées naturelles et aux pensées naïves. Les expressions propres désignent ce pourquoi elles ont été premièrement établies, comme : *la lumière éclaire*, *le feu brûle* ; et le style naturel rend une idée, une image, un sentiment sans recherche et sans effort.

Mme de Sévigné écrivait à M. de Coulanges :

« Il faut que je vous conte une historiette qui vous divertira : le roi se mêle depuis peu de faire des vers ; ayant fait un madrigal que lui-même ne trouvait pas joli, un matin il dit au maréchal de Grammont : « Monsieur le maréchal, lisez je vous prie

« ce madrigal, et voyez si vous en avez jamais vu « un aussi mauvais : parce qu'on sait que j'aime les « vers, on m'en apporte de toutes les façons. » Le maréchal, après avoir lu le madrigal, dit au roi : « Votre Majesté juge bien de toutes choses, et ce « madrigal est bien certainement le plus sot que « j'aie jamais lu. »

Le *style tempéré* est celui de l'histoire, celui du roman, de certains dialogues, de la fable, de l'églogue, de l'idylle, etc. ; il convient aux pensées agréables, et, ordinairement, aux pensées délicates et aux pensées nouvelles. Exemple :

Quelquefois un peu de verdure
Rit sous les glaçons de nos champs ;
Elle console la nature,
Mais elle sèche en peu d'instants.

(VOLTAIRE.)

Le *style sublime* est celui du poëme épique, de la tragédie, de l'ode, des harangues, etc. Il convient aux pensées nobles, aux pensées fortes et aux pensées sublimes ; il se nourrit de figures brillantes, de tours pompeux ; il est l'âme de cette éloquence qui porte avec elle la terreur ou l'enthousiasme, la douleur ou la joie, et de cette poésie descriptive qui se précipite comme un torrent. Observez : 1° que l'écrivain qui voudrait n'être que sublime, ne serait pas même sensé, et qu'il doit tempérer le sublime par le mélange des deux autres styles;

2° Que le *sublime* dans la pensée, qui ordinairement peint ou rend avec une grande rapidité un sentiment noble ou généreux, propre à élever l'âme, appartient également à ces trois sortes de styles.

Au style sublime appartiennent : 1° les *expressions hardies* qui, en s'éloignant de l'usage commun, charment l'esprit en même temps qu'elles l'étonnent.

> Quand Sidrac, à qui *l'âge allonge le chemin*,

est une expression hardie, mais dont il est aisé de sentir la justesse ;

2° Les *expressions riches* qui présentent à la fois plusieurs idées. Corneille dit en parlant des trois favoris de l'empereur Galba :

> On les voyait tous trois se hâter sous un maître
> Qui, chargé d'un long âge, a peu de temps à l'être ;
> Et tous trois, à l'envi, s'empresser ardemment
> A qui dévorerait ce règne d'un moment.

Le dernier vers peint l'ambition des trois favoris, et il exprime le peu de temps que doit durer le règne de Galba.

Nota. — Les *expressions propres* ont une teinte du sujet et conviennent si bien aux pensées que, lorsqu'on les a trouvées, on ne voit pas comment les choses eussent pu se dire autrement ; elles appartiennent aux trois sortes de styles.

Le style sublime et le sublime rejettent les expressions qui manquent de justesse et celles qui visent à l'esprit. Ces vers de Théophile,

> Le voilà, ce poignard qui du sang de son maître
> *S'est souillé lâchement : il en rougit, le traître !*

appartiennent au bas comique ; et il en est de même des assemblages de mots qui présentent à la prononciation deux sens différents : *Il faut parler Esther*. Je suis Romain ; et toi, *l'est-tu, Romaine? Ma reine*, il faut partir.

Les imparfaits du subjonctif des verbes de la première conjugaison offrant un son désagréable, au lieu de dire : je voudrais que vous *mangeassiez* que vous *chantassiez*, changez la construction de la phrase.

Au style sublime se rattachent le style pittoresque et le style noble. Le style est *pittoresque* quand il peint un site ou une attitude avec des couleurs variées et qui produisent un grand effet.

Le style est *noble* quand il a de la dignité, et qu'il n'emploie point d'images populaires ou d'expressions triviales ou basses.

La noblesse et l'harmonie du style se font remarquer dans ces vers de Malherbe sur la mort :

Le pauvre en sa cabane, où le chaume le couvre,
Est sujet à ses lois ;
Et la garde qui veille aux barrières du Louvre
N'en défend pas nos rois.

Un poëte a dit :

Des couleurs du sujet je teindrai mon langage.

Et il faut prendre, successivement, selon les pensées qui appartiennent aux sujets différents, un ton, un style plus ou moins élevé. Il faut mettre chaque mot à sa place, car de là dépendent non-seulement la clarté et l'harmonie, mais encore l'énergie et l'élégance. L'énergie est une des qualités essentielles du style sublime ; elle consiste à rendre sa pensée par des expressions fortes ou par un contraste frappant. Auguste, après avoir rappelé à Cinna les bienfaits dont il l'a comblé, lui dit :

Cinna, tu t'en souviens et veux m'assassiner !

L'élégance convient plus particulièrement au style tempéré ; elle consiste a n'employer que des expressions coulantes et pleines d'harmonie et de grâce. Enfin, il faut donner une juste étendue aux phrases et aux périodes, et faire en sorte que leur contexture et leur liaison ajoutent encore aux charmes du style ; car la pensée qui emprunte les charmes du style acquiert plus de force ou de clarté.

Telle, dans nos canaux pressée,
Avec plus de force élancée,
L'onde s'élève dans les airs ;
Et la règle, qui semble austère,
N'est qu'un art plus certain de plaire
Inséparable des beaux vers.

(LA FAYE, de Paris.)

Si Minerve même, ici-bas,
Venait enseigner la sagesse,
Il faudrait bien que la déesse
A son profond savoir joignît quelques appas :
Le genre humain est sourd quand on ne lui plait pas.

(BOUFFLERS.)

DES FIGURES.

Les *figures* sont des pensées ou des expressions figurées qui ornent le discours ou qui lui donnent de la force.

Il y a deux sortes de figures : les *figures de pensées* et les *figures de mots*.

DES FIGURES DE PENSÉES.

Les *figures de pensées* sont certains tours qui donnent de la force ou de la grâce aux pensées. On en distingue vingt-quatre principales :

1° L'*interrogation*, par laquelle l'orateur fait des questions à son adversaire, non pour le porter à y répondre, mais pour le presser et le convaincre. Dans *Iphigénie*, Clytemnestre dit à Agamemnon :

Pourquoi feindre à nos yeux une fausse tristesse ?
Pensez-vous par des pleurs prouver votre tendresse ?
Où sont-ils ces combats que vous avez rendus ?
Quels flots de sang pour elle avez-vous répandus ?
Quel débris parle ici de votre résistance ?
Quel champ couvert de morts me condamne au silence ?
Voilà par quels témoins il fallait me prouver,
Cruel, que votre amour a voulu la sauver.

2° La *subjection*, par laquelle l'orateur s'interroge lui-même ou interroge ses auditeurs, et répond à ses propres questions. Cicéron, dans la cause de Gracchus, dit : Misérable, où irai-je ? quel asile me reste-t-il ? Le Capitole ; il est inondé du sang de mon frère. Ma maison ; j'y verrais une mère fondre en larmes et mourir de douleur.

3° L'*apostrophe*, par laquelle on s'adresse directement à un objet animé ou inanimé : cette figure est propre à passer brusquement d'une idée à une autre :

O terre, quels tableaux décorent tes campagnes !
O vous, riants vallons ; vous, altières montagnes,
Verts côteaux, antres frais, abris voluptueux,
Élégants arbrisseaux, arbres majestueux,
Audacieux rochers, agréables prairies,
Ruisseaux, fleuves, torrents, beaux lacs, rives fleuries,
Oh ! combien me plairait votre aspect enchanteur
Si le plaisir encore était fait pour mon cœur.

(DELILLE.)

4° L'*exclamation* est l'expression spontanée d'une émotion vive. Zaïre, à la vue de Lusignan qui sort de son cachot, verse des larmes et s'écrie :

Mes larmes, malgré moi, me dérobent sa vue !
Ainsi que ce vieillard j'ai langui dans les fers :
Qui ne sait compatir aux maux qu'on a soufferts ?

5° La *prosopopée* prête des paroles, des sentiments aux vivants, aux morts et aux choses. Voltaire fait dire à Œdipe :

. . . . Je vois les Euménides
Secouer leurs flambeaux, vengeurs des parricides ;
Le tonnerre, en éclats, semble fondre sur moi,
L'enfer s'ouvre..... O Laïus, ô mon père, est-ce toi ?
Je vois, je reconnais la blessure mortelle
Que te fit dans le flanc cette main criminelle !

6° L'*obsécration* est une prière dans laquelle l'orateur exprime les sentiments qu'il croit propres à toucher ses auditeurs. Philoctète parle ainsi à Néoptolème : O mon fils, je te conjure par les mânes de ton père, par ta mère, par tout ce que tu as de plus cher sur la terre, de ne pas me laisser seul dans les maux que tu vois. (FÉNELON.)

7° L'*imprécation* est une figure où l'orateur, indigné ou maîtrisé par son sujet, maudit son adversaire ou fait des vœux contre lui.

IMPRÉCATIONS DE CAMILLE, SŒUR D'HORACE.

Rome, l'unique objet de mon ressentiment !
Rome, à qui vient ton bras d'immoler mon amant !
Rome, qui t'a vu naître et que ton cœur adore !
Rome, enfin, que je hais parce qu'elle t'honore !
Puissent tous ses voisins, ensemble conjurés,
Saper ses fondements encor mal assurés !
Et, si ce n'est assez de toute l'Italie,
Que l'Orient contre elle à l'Occident s'allie !
Que cent peuples, unis des bouts de l'univers,
Passent, pour la détruire, et les monts et les mers !
Qu'elle-même sur soi renverse ses murailles
Et de ses propres mains déchire ses entrailles !
Que le courroux du ciel, allumé par mes vœux,
Fasse pleuvoir sur elle un déluge de feux !
Puissé-je, de mes yeux, y voir tomber la foudre !
Voir ses maisons en cendre et tes lauriers en poudre !
Voir le dernier Romain à son dernier soupir,
Moi seule en être cause et mourir de plaisir !

(CORNEILLE.)

8° L'*hypotypose* peint les faits avec des couleurs si vives et des images si vraies que l'auditeur croit les voir :

Dans l'enceinte sacrée en ce moment s'avance
Un jeune homme, un héros, semblable aux immortels ;
Il court. C'était Égisthe : il s'élance aux autels ;
Il y monte et saisit, d'une main assurée,
Pour la fête des dieux la hache préparée.
Les éclairs sont moins prompts. Je l'ai vu de mes yeux,
Je l'ai vu qui frappait ce monstre audacieux :
« Meurs, tyran, disait-il ; dieux, prenez vos victimes ! »
(VOLTAIRE.)

A l'hypotypose se rapportent l'éthopée, la topographie, les caractères, etc. (Voyez ci-après la *Littérature.*)

CARACTÈRE DE CROMWEL. — Un homme s'est rencontré d'une profondeur d'esprit incroyable; hypocrite raffiné autant qu'habile politique; capable de tout entreprendre et de tout cacher ; également actif et infatigable dans la paix et dans la guerre ; qui ne laissait rien à la fortune de ce qu'il pouvait lui ôter par conseil ou par prévoyance ; d'ailleurs si vigilant et si prêt à tout qu'il n'a jamais manqué aucune des occasions qu'elle lui a présentées ; enfin un de ces esprits remuants et audacieux qui semblent être nés pour changer le monde. (BOSSUET.)

9° L'*ironie* dit précisément le contraire de ce qu'elle veut faire entendre. Boileau, pour faire entendre que l'on fuyait les sermons de Cotin, dit :

Cotin, à ses sermons traînant toute la terre,
Fend des flots d'auditeurs pour aller à sa chaire.

L'ironie est, ordinairement, l'expression de l'enjouement ou du mépris ; mais elle peut aussi peindre la fureur et le désespoir. Oreste, à qui l'on dit qu'Hermione n'a pu survivre à Pyrrhus qu'on vient d'immoler, s'écrie :

> Grâce aux dieux, mon malheur passe mon espérance !
> Oui, je te loue, ô ciel, de ta persévérance.

Dans la situation d'Oreste, le vers suivant qui termine cette période poétique est sublime :

> Eh bien, je suis content, et mon sort est rempli !
> (RACINE.)

10° L'*hyperbole*, pour mieux peindre la pensée, emploie des termes qui vont au delà de la vérité (1). Un poëte, pour donner l'idée de la petite étendue d'une campagne que possédait un Athénien, dit : il possédait une campagne qui n'était pas plus grande qu'une épître de Lacédémonien. On dit : Il est plus fort qu'un lion, etc.

11° La *litote* consiste à dire moins pour faire entendre plus. Quand Chimène dit à Rodrigue, dans *le Cid* :

> Va, je ne te hais point !...

elle lui fait entendre plus que ces mots ne disent.

12° La *périphrase* ou *circonlocution*, emploie beaucoup de mots pour exprimer une pensée qui eût pu se rendre par peu de mots. Elle ennoblit une pensée basse, ou répand de l'ornement dans le discours. On ne doit point employer de périphrases quand l'i-

(1) L'hyperbole peut aussi être classée parmi les figures de mots, et il en est de même de la litote, de la périphrase et de l'antithèse.

dée est puisée dans la nature, et quand elle impose par elle-même.

Ce poëte, qui pour vous dire que le roi vient emploie cette périphrase :

> Ce grand roi roule ici ses pas impérieux,

prouve quel ridicule l'abus de cette figure peut apporter dans le discours.

13° L'*antithèse* oppose les pensées aux pensées ou les mots aux mots. Virgile a dit, en parlant des abeilles :

> Et dans un faible corps s'allume un grand courage.
> (Traduction des *Géorgiques*.)

A l'antithèse se rattache la *contradiction*, qui affirme ou qui nie d'une même chose les deux contraires. Exemple :

> Présente, je vous fuis ; absente, je vous trouve.
> (RACINE.)

14° La *comparaison* rapproche deux idées, deux choses, et montre le rapport qu'il y a entre ces choses. La comparaison doit être vraie; elle doit prendre le ton, le style que réclame le sujet et être employée à propos. (Voyez les *lieux communs*.)

Si la comparaison a pour objet des personnes célèbres, elle se nomme *parallèle*. (Voyez ci-après la *littérature*).

15° L'*allusion*, sans parler d'une chose, en réveille l'idée, le souvenir, en parlant d'une autre chose. Souvent elle joue sur les mots qu'elle emploie. Un poëte écrivait à Louis XIV pour conserver une île sur le Rhône, dont le gouvernement lui contestait la propriété :

Qu'est-ce en effet pour toi, grand monarque des Gaules,
Qu'un peu de sable et de gravier ?
Que faire de mon île ? Il n'y croît que des saules,
Et tu n'aimes que le laurier.

16° La *gradation* s'élève ou descend d'une pensée à un autre, jusqu'à ce qu'elle soit parvenue au point qu'elle s'était proposé. Boileau a dit, dans son *Lutrin* :

. . . . La mollesse, oppressée,
Dans sa bouche, à ces mots, sent sa langue glacée,
Et, lasse de parler, succombant sous l'effort,
Soupire, étend les bras, ferme l'œil et s'endort.

17° La *prolepse* prévient les objections, les preuves, pour les réfuter avant qu'on les ait présentées. Brutus aux Romains, après l'assassinat de César : Qui est assez lâche ici pour vouloir être esclave ? S'il en est un, qu'il parle, car c'est lui que j'ai offensé. Qui est assez stupide pour ne pas vouloir être Romain ? S'il en est un, qu'il parle, car c'est lui que j'ai offensé. Qui est assez vil pour ne pas aimer sa patrie ? S'il en est un, qu'il parle, car c'est lui que j'ai offensé.

18° La *suspension*, après avoir tenu les auditeurs dans l'incertitude, les surprend par une pensée qu'ils n'avaient pas prévue. Bossuet emploie cette figure dans l'oraison funèbre de la reine d'Angleterre : Combien de fois a-t-elle remercié Dieu humblement de deux grandes grâces : l'une, de l'avoir fait chrétienne, l'autre..... Messieurs, qu'attendez-vous? peut-être d'avoir rétabli les affaires du roi son fils; non, c'est de l'avoir fait reine malheureuse.

19° La *prétermission* consiste à dire une chose qu'on feint de vouloir taire :

Je ne vous peindrai point le tumulte et les cris,
Le sang de tous côtés ruisselant dans Paris;
Le fils assassiné sur le corps de son père,
Le frère avec la sœur, la fille avec la mère.
(VOLTAIRE.)

20° La *réticence* est une interruption faite à dessein de produire plus d'effet ou de taire le développement d'une idée qui blesserait l'auditeur :

Prenez garde, seigneur, vos invincibles mains
Ont de monstres sans nombre affranchi les humains;
Mais tout n'est pas détruit, et vous en laissez vivre
Un..... Votre fils, seigneur, me défend de poursuivre.
(RACINE.)

21° La *dubitation* consiste à paraître incertain de ce qu'on doit dire ou de ce qu'on doit faire. (Voyez l'exemple cité pour la subjection).

22° La *correction*, figure par laquelle l'orateur se reprend lui-même, pour dire mieux ou pour dire autrement qu'il n'avait dit :

Mais, quelle est ma fureur! et qu'est-ce que je dis!
Tu vas sacrifier... qui, malheureux? Ton fils!
Ce fils que Rome craint! qui peut venger son père!
Pourquoi répandre un sang qui m'est si nécessaire?
(RACINE.)

23° La *concession*, par laquelle l'orateur accorde quelque chose à son adversaire pour prouver plus évidemment que ce qu'il ne lui accorde pas ne doit pas lui être accordé. On trouve partout des exemples de cette figure, qui est d'un grand usage.

24° L'*épiphonème* est une sentence ou une réflexion courte, qui commence une période ou qui la termine :

Qu'un ami véritable est une douce chose !

DES FIGURES DE MOTS.

Les figures de mots sont des assemblages de mots qui donnent de la force ou de la grâce au discours. Quand ces assemblages changent la signification des mots on les nomme *tropes*.

Remarque. — Si l'on change les mots, les figures de mots cessent, parce qu'elles ne sont que le vêtement, la parure des pensées; mais les figures de pensées restent toujours. Nous avons dû parler des pensées et des figures de pensées avant de parler des figures de mots.

DES TROPES.

On dit : cent *voiles*, pour dire cent *vaisseaux*; la *Seine* pour la *France*; le *Nil* pour l'*Égypte*; un homme est un aigle, un lion, un tigre, etc.

Ce tigre, que jamais je n'abordai sans crainte,
Soumis, apprivoisé, reconnaît un vainqueur.
(RACINE.)

Les principaux tropes qu'emploie le discours sont : la *métaphore*, la *métonymie* et la *synecdoche*. Et c'est à ces tropes que se rapportent tous les autres.

La *métaphore* transporte la signification propre d'un mot à une autre signification qui ne lui convient qu'à cause d'une comparaison qui est dans l'esprit. Par exemple, l'esprit ne conçoit la justesse de ces expressions : *un homme enflammé de colère ; les préceptes éclairent*, que parce qu'il peut facilement comparer les transports d'un homme irrité à des flammes dévorantes, etc.

Lorsque les expressions figurées ne se conviennent pas entre elles, ou ne conviennent pas aux expressions propres, elles manquent de justesse. En parlant de l'étude on ne dirait pas : les fruits qui en éclosent sont excellents, parce que ces expressions *fruits* et *éclosent* ne se conviennent pas. Malherbe a dit à tort :

Prends ta foudre, Louis, et va comme un lion.....

parce que *foudre* et *lion* ne se conviennent pas. *Jupiter, héros*, etc., sont les expressions qui conviennent à *foudre*. Ces vers de J.-B. Rousseau renferment également une métaphore vicieuse :

Et déjà les zéphyrs, de leurs chaudes haleines,
Ont fondu l'écorce des eaux,

parce que *fondre* ne peut se dire de l'écorce. Et puis l'*écorce des eaux* est un terme impropre. Les métaphores sont encore défectueuses quand elles sont tirées de sujets bas ou qu'elles emploient des expressions trop communes. On reproche à Tertullien d'avoir dit que le déluge fut la *lessive* de la nature. Peut-être doit-on reprocher à Le Clerc d'avoir dit que la périphrase est un *circuit* de paroles.

A la métaphore se rattachent l'*allégorie* et la *catachrèse*. L'allégorie est une métaphore continuée :

> Pour moi, sur cette mer qu'ici-bas nous courons,
> Je songe à me pourvoir d'esquif et d'avirons ;
> A régler mes désirs, à prévenir l'orage,
> A sauver, s'il se peut, ma raison du naufrage.
>
> (BOILEAU.)

L'allégorie habite un palais diaphane.

Ainsi, le sens qu'on veut faire entendre doit toujours être facile à saisir.

La *catachrèse* semble abuser des termes; c'est un esprit *mincer*. On emploie aussi la catachrèse quand la langue n'offre point de mots propres pour exprimer nos pensées : *une feuille de papier*.

La *métonymie* emploie la cause pour l'effet; l'effet pour la cause; le nom de lieu pour la chose même; le signe pour la chose signifiée, etc. On dit : *les emplois de Mars*, pour les travaux de la guerre; on eût pu dire de Roland, quand il tenait son épée : la mort est dans ses mains. Voltaire emploie l'effet pour la cause quand, il dit :

> La sombre jalousie, au teint pâle et livide,
> Suit d'un pied chancelant le soupçon qui la guide.

On dit : Rome désapprouva la conduite des consuls, pour dire les Romains désapprouvèrent.

A la métonymie se rattache la métalepse, qui fait entendre autre chose que le sens propre.

Vous le pleurez à présent qu'il n'est plus !

La *synecdoche* prend la partie pour le tout, et le tout pour la partie ; le nom de la matière pour la chose qui en est formée ; le singulier pour le pluriel, etc. On dit : son bras est armé d'un fer vengeur ; l'homme pense et raisonne ; la brute suit l'instinct que le créateur lui a donné. L'homme signifie tous les hommes, etc.

A la synecdoche se rattachent l'*antonomase* et l'*antiphrase*. L'antonomase emploie un nom commun pour un nom propre, ou un nom propre pour un nom commun : Un Mécène est un protecteur des lettres, etc.

L'*antiphrase* fait entendre le contraire de ce qu'on dit : les *Euménides* (douces, bienfaisantes), pour les *Furies*, etc.

DES FIGURES DE MOTS PROPREMENT DITES.

Les figures de mots proprement dites, sont l'*ellipse*, le *pléonasme*, l'*hyperbate*, la *syllepse*, la *répétition*, la *conjonction*, la *disjonction* et l'*apposition*.

1° L'*ellipse* supprime un ou plusieurs mots nécessaires à la construction pleine, mais inutiles pour exprimer clairement le sens qu'on veut faire entendre. La fête Saint-Jean ; Que vouliez-vous qu'il fît contre trois ? — Qu'il mourût, signifient la fête de Saint-Jean ; je voulais qu'il mourût.

Il faut rendre la construction pleine, lorsque la construction elliptique altère le sens de la phrase.

2° Le *pléonasme* est une surabondance de mots que l'on pourrait retrancher sans que le sens de la phrase en fût moins clair.

Le pléonasme peut donner de la force ou de la grâce au discours : Il a donc été déchiré ce matin, ce voile qui te couvrait les yeux ? Que nous font, à nous, les discours de l'envie ?

Le pléonasme donne lieu à une espèce de comique dont le poëme dramatique fait souvent usage :

> Je l'ai vu, dis-je, vu, de mes propres yeux vu.
> (MOLIÈRE.)

Histoire véritable du grand don Quichotte de la Manche.

Le pléonasme est vicieux lorsqu'il n'ajoute rien au sens de la phrase ou aux qualités du style : montez en haut ; je l'ai vu de mes yeux ; je lui ai parlé à lui-même ; c'est un prodige étonnant ; c'est une histoire véritable. *En haut, de mes yeux, à lui-même, étonnant, véritable,* sont des mots qui nuisent à la rapidité de la pensée.

3° L'*hyperbate* renverse la construction naturelle du discours, place le régime indirect avant le régime direct, etc. :

> Sur les ailes du temps la tristesse s'envole.

La poésie emploie souvent cette figure, et la prose poétique peut l'admettre quelquefois ; mais la prose ordinaire n'emploie l'hyperbate, qui place le régime indirect avant le régime direct, que lorsque le régime indirect est le plus court et que cette transposition ajoute à la clarté ou à l'harmonie de la phrase.

Cette transposition est vicieuse lorsqu'il y a concours des propositions *de* et *à* ; on ne dirait pas :

Je n'ai pu *de mon fils* consentir *à la mort*.

4° La *syllepse* ou synthèse autorise l'accord d'un mot avec les mots (exprimés ou sous-entendus) de l'idée qu'on veut faire entendre, quoique ce mot ne s'y rapporte pas grammaticalement :

Et, sévère aux méchants et des bons le refuge,
Entre le peuple et vous, vous prendrez Dieu pour juge,
Vous souvenant, mon fils, que, caché sous ce lin,
Comme eux vous fûtes pauvre et comme eux orphelin.

La construction grammaticale demandait *lui*, parce qu'il est question du peuple ; mais, plein de son idée, le poëte n'a vu que les pauvres et les orphelins.

5° La *répétition* reproduit plusieurs fois le nom ou pronom qui représente l'idée principale du discours :

Tendre épouse, c'est toi qu'appelait son amour,
Toi qu'il pleurait la nuit, toi qu'il pleurait le jour.
(DELILLE.)

6° La *conjonction* multiplie les particules copulatives :

On égorge à la fois les enfants, les vieillards,
Et la sœur et le frère,
Et la fille et la mère,
Le fils dans les bras de son père. (RACINE.)

7° La *disjonction* retranche les particules qui nuisent à la rapidité de la pensée :

Français, Anglais, Lorrains, que la fureur assemble,
Avançaient, combattaient, frappaient, mouraient ensemble.
(VOLTAIRE.)

8° L'*apposition* emploie des substantifs comme épithètes :

C'est dans un faible objet, imperceptible ouvrage,
Que l'art de l'ouvrier me frappe davantage.
(RACINE fils.)

Faisons observer au poëte que, pour lui, toutes les règles du langage ne sont pas irrévocablement fixées, et que, dans le concours de deux locutions proposées par les grammairiens, il peut accepter celle qui contribue le plus à l'effet qu'il veut produire.

Amour, sentiment qui porte le cœur à désirer la possession d'une personne qui lui paraît aimable, est masculin au singulier et féminin au pluriel ; mais la poésie et la prose poétique l'emploient aussi au masculin dans le dernier cas :

Un rêve du matin qui commence éclatant
Par de *divins amours* dans un palais flottant.
(LAMARTINE.)

C'était le Tasse chantant ses *amours trompés*. (CHATEAUBRIAND.)

Hymne est féminin lorsqu'il désigne les hymnes qui se chantent à l'église, mais la poésie l'emploie aussi au masculin dans ce cas.

Les noms propres employés pour désigner plusieurs personnes du même nom ne prennent pas ordinairement le signe du pluriel, mais, quand la mesure ou l'euphonie l'exige, le poëte peut ajouter une *s*, il peut écrire :

Pourtant les trois *Henris* accouraient pour combattre.

Dans la prose ordinaire, les adjectifs ne peuvent se rapporter qu'à un nom ou pronom exprimé dans la même phrase : mais dans les vers et dans la prose poétique, ils peuvent se rapporter à un nom ou pronom exprimé dans une phrase antérieure, si leur rapport avec ce nom ou pronom ne donne lieu à aucune équivoque ; ainsi Voltaire a pu dire :

Endormi sur le trône, au sein de la mollesse,
Le poids de sa couronne accablait sa faiblesse.

parce que le nom auquel endormi a rapport est clairement sous-entendu, que sa couronne signifie la couronne de lui.

Dans la prose, il faut dire : Chacun de ces hommes a apporté son offrande ; chacune de ces charrettes a perdu son essieu ; que chacun de nous prenne son chapeau, etc., parce que le pronom chacun employé avec un adjectif possessif veut cet adjectif et le verbe au singulier ; mais le poëte peut dire avec l'académie et quelques grammairiens : ces hommes ont apporté chacun *leurs offrandes*, etc.

Qui, régime d'une préposition, ne s'emploie dans la prose qu'avec un nom de personne ; mais, dans les vers, la mesure et l'euphonie permettent de l'employer avec un nom de chose :

Soutiendrez-vous un faix *sous qui* Rome succombe?

En poésie, l'adjectif *frais* peut s'employer pour l'adverbe *fraîchement* :

O Fontenay, qu'embellissent les roses,
Avec plaisir toujours je te revois ;
Ici l'amour, de fleurs *fraîches* écloses,
Me couronna pour la première fois (1).

Son, sa, ses, leur, leurs, ne s'emploient ordinairement qu'avec un nom de personne, ou avec un nom de chose exprimé dans la même proposition que ces adjectifs. On ne dirait pas, en prose : Ce jardin est agréable, ses allées sont bien tracées. Il faudrait dire : Ce jardin est agréable, les allées en sont bien tracées. Mais cette dernière construction est lourde ; et nous avons osé dire, sans respect pour la règle :

Est-il sur la pelouse? il foule avec délice
Son joli tapis vert.

On nous dira peut-être qu'il y a ici équivoque, que l'on peut entendre : il (l'enfant) foule le tapis vert de lui, au lieu de *il foule le tapis vert de la pelouse*. Oui, mais cette licence est rachetée par la douceur de l'expression.

On a dit : « Le pronom *qui* ne peut être séparé

(1) La prose aussi emploie *frais* pour *fraîchement*. (Voyez notre *Grammaire*, SYNTAXE.)

de son antécédent. » Cette règle ôte au langage des locutions qui ne sont point vicieuses. Il fallait dire : Le pronom *qui* (relatif) ne peut être séparé de son antécédent que par une préposition et des mots qui modifient le nom dont ce pronom rappelle l'idée. On ne dirait pas avec Boileau :

> Et d'un bras, à ces mots, qui peut tout ébranler,
> Lui-même, en se courbant, s'apprête à le rouler,

parce que cette expression *à ces mots*, ne peut modifier le substantif *bras*. Mais on dirait bien : J'ai acheté une tabatière d'écaille à cercles d'or, qui m'a coûté dix piastres.

Quand le verbe a pour sujets des pronoms de différentes personnes, l'écrivain peut éviter l'emploi de la conjonction *ou* avec un pluriel, il peut dire : L'un de nous deux ira au bal ; l'un de vous deux ira au bal, etc. Au lieu de : Vous ou moi irons au bal ; vous ou lui irez au bal.

L'écrivain peut dire avec l'académie : Ni M. le duc ni M. le comte *ne sera nommé* ambassadeur à Vienne ; ni la duchesse ni la comtesse n'est ma mère, etc. ; Ou, en évitant l'emploi de la conjonction *ni* avec un singulier : Aucun des deux, de M. le duc ou de M. le comte, ne sera nommé ambassadeur à Vienne ; aucune de ces dames n'est ma mère.

Avec la conjonction *mais*, la prose, aussi bien que les vers, peut opter entre ces deux manières de construire la phrase : Non-seulement ses titres, ses honneurs, ses espérances, mais encore sa fortune s'évanouit. — Non-seulement ses titres, ses honneurs, ses espérances s'évanouirent, mais encore sa fortune.

Lorsque les sujets d'un verbe sont tous du singulier et qu'ils ne sont point liés par *et* ou *ni* la prose, aussi bien que les vers, peut, si les sujets sont placés par gradation, employer le singulier. C'est donc à tort que N. Landais blâme la construction de ces phrases :

Armez pour moi tous ceux que l'amitié, le rang,
Le devoir, l'intérêt *attache* à votre sang.
(LAHARPE.)

Que ma foi, mon amour, mon honneur y *consente !*
(RACINE.)

Et si l'ombre, la paix, la liberté m'*inspire*.
(DELILLE.)

Dans la prose, le participe du verbe pronominal *se plaire* est invariable, parce que ce verbe est formé d'un verbe neutre simple dont le participe se construit avec l'auxiliaire avoir ; mais les participes des verbe *se douter*, *se prévaloir* et *s'échapper*, qui sont soumis aux lois de l'accord, étant également formés des verbes neutres simples, quelques grammairiens rendent aussi variable le participe du verbe se plaire quand ce verbe est réfléchi ; ils écrivent : la vigne *s'est plue* dans ce terrain ; cette femme *s'est plue* à me contredire. Et la poésie peut admettre cette exception, si l'euphonie ou la rime le demande.

N. Landais a dit : « Quand le participe est entre

deux *que* il est invariable, parce que le régime qui précède appartient au second verbe. » Oui, si le second verbe est actif, mais si le second verbe est neutre, le poëte lui-même ne peut suivre cette règle, parce que les verbes neutres n'ont pas de régime direct. Dans ce dernier cas, il faut écrire avec Le Tellier : Ces hommes, que j'avais *convaincus* qu'ils devaient renoncer à leurs prétentions respectives, se sont néanmoins obstinés à plaider.

Si le participe est précédé de deux regimes directs, il prend le genre et le nombre du régime énoncé le dernier : la visite qu'il nous a *prévenus* qu'il nous ferait.

La prose veut qu'on écrive : Autant de batailles il a livrées, autant il en a *gagnées* ; O mer trompeuse, combien d'hommes tu as séduits, combien tu en as *dévorés*, parce que *autant* et *combien* sont des collectifs partitifs, et que le pronom *en* est déterminatif de ces collectifs. Mais dans ce cas, la poésie peut rejeter une règle qui n'est pas généralement suivie (1).

La prose odinaire exige que l'on répète chaque adjectif déterminatif avant son substantif, comme dans cette phrase : Son père et sa mère ; et chaque substantif avant ou après son adjectif dans toutes les phrases semblables à celles qui suivent : La langue française, la langue anglaise et la langue espagnole lui sont familières ; le premier étage et le second

(1) C'est une construction propre à la langue française (un gallicisme), et Racine, Fénelon, la Fontaine, Jullien, Le Tellier, Bescherelle, etc., font accorder le participe dans ce cas.

étage. Mais la poésie et le laisser-aller de la conversation permettent de dire : Ses père et mère ; les langues française, anglaise et espagnole lui sont familières ; le premier et le second étage.

Enfin, le poëte peut supprimer une lettre finale, si cette lettre est inutile pour la prononciation d'un mot ; il peut écrire : je sai, joi, Londre, etc. Il peut changer de personne après chaque phrase finie, après chaque discours direct ; et il peut employer le passé défini pour le passé indéfini. (Voyez les règles de la versification.)

Nous avouerons que l'infraction aux règles du langage produit rarement un bon effet, mais nous dirons que la poésie n'était pas à son aise dans la route que nos puristes lui avaient tracée, et qu'elle demandait une voie plus large.

Enfin, observez que la même pensée plaît ou déplaît, suivant la manière dont elle est rendue.

Si Minerve même, ici-bas,
Venait enseigner la sagesse,
Il faudrait bien que la déesse
A son profond savoir joignît quelques appas :
Le genre humain est sourd quand on ne lui plaît pas.
(BOUFLEUR.)

QUATRIÈME PARTIE.

L'ACTION.

L'*action* renferme la prononciation et le geste. L'action est l'âme du discours, et, souvent, l'orateur lui a dû son triomphe.

DE LA PRONONCIATION.

La *voix* est l'expression des mots par les sons ; elle doit, par ses inflexions, marquer les nuances qu'offre chaque idée et prendre comme une teinte du sujet. Elle doit, sans paraître le faire à dessein, glisser légèrement sur les propositions incidentes et appuyer sur les idées, qui par leur importance appellent l'attention des auditeurs. Chaque sujet, chaque pensée a un ton qui lui est propre : un sujet qui respire la joie demande une prononciation vive ; un sujet triste demande de la dignité dans la voix.

L'exorde veut, ordinairement, un ton naturel et peu élevé.

La narration doit être prononcée distinctement et sans affectation.

La confirmation réclame, ordinairement, de la dignité dans la voix.

La péroraison prend un ton véhément ou affectueux, sérieux ou ironique selon le sujet ou la pensée.

DU GESTE.

Le *geste* est l'expression des idées par les mouvements naturels du corps; il développe la pensée, il dit ce que l'orateur n'oserait exprimer. Les yeux, le front et les mains ont un langage qui porte, comme la parole, la persuasion dans les cœurs; mais l'orateur use le moins possible de ces moyens; et si quelquefois ses larmes coulent, il ne s'afflige jamais avec art.

Observez que ce n'est que dans les grandes assemblées, dans la chaire, à la tribune politique, au Palais, sur la scène, que l'on fait des gestes; et que les lectures particulières et le discours familier peuvent se passer de gestes.

SÉRIE DE QUESTIONS

POUR LES EXAMENS.

Qu'est-ce que la rhétorique?
Quel est le but que se propose la rhétorique?
En quoi l'éloquence diffère-t-elle de la rhétorique?
Combien distingue-t-on de genres d'éloquence?
Quel est l'objet du genre démonstratif?
De quoi s'occupe le genre délibératif?
De quoi s'occupe le genre judiciaire?

DIVISION DE LA RHÉTORIQUE.

En combien de parties se divise la rhétorique?

L'INVENTION.

Qu'est-ce que l'invention?
Qu'est-ce que les arguments?
Comment se divisent les arguments?
Quels sont les arguments proprement dits?
De combien de propositions se compose le syllogisme?
De combien de propositions se compose l'enthymème?
Qu'est-ce que l'épichérème?
Comment est formé le sorite?
Comment est formé le dilemme?
Qu'est-ce que l'exemple?
Qu'est-ce que l'induction?
Qu'est-ce que l'argument personnel?

Qu'est-ce que les lieux communs?

Quels sont les principaux lieux intrinsèques?

Qu'est-ce que la définition oratoire, et quel est l'objet des arguments qu'on en tire?

A quoi doit convenir la définition logique?

Qu'est-ce que l'énumération des parties?

Que prouve l'argument que constituent le genre et l'espèce?

Qu'est ce que la comparaison?

En quoi consistent les contraires?

A quoi servent les choses qui répugnent entre elles?

Qu'est-ce que les circonstances?

Qu'est-ce que les antécédents et les conséquents?

A quels arguments donnent lieu la cause et l'effet?

Quels sont les principaux lieux communs extrinsèques?

De quel domaine sont la loi et les titres?

En faveur de qui parle la renommée sans tache?

Contre qui prouve la renommée entachée de mauvaise foi ou de crime?

Le serment de tous les témoins a-t-il le même poids dans la balance du juge?

Qu'est-ce que les mœurs oratoires?

Qu'est-ce que les passions oratoires?

LA DISPOSITION.

Qu'est-ce que la disposition?

Combien le discours oratoire peut-il avoir de parties?

Qu'est-ce que l'exorde?

Dans quelle partie du discours oratoire peut être renfermée la proposition?

Quel est l'objet de la proposition?

Le discours peut-il avoir plusieurs propositions?

Quelle doit-être la division des propositions?

Qu'est-ce que la narration?

Quel est l'objet de la confirmation ?

Quel est l'objet de la réfutation ?

Qu'est-ce que la péroraison ?

L'ÉLOCUTION.

Quel est l'objet de l'élocution ?

Qu'est-ce que le style ?

Quelles sont les qualités générales que doit avoir le style ?

Qu'est-ce que le tour ?

Quelles sont les qualités que doit avoir le tour ?

Quand le style est-il pur et correct ?

Que veut la clarté du style ?

Quels termes emploie la précision ?

De quelles choses dépend l'harmonie du style ?

Doit-on courir après l'harmonie imitative ?

Combien la rhétorique distingue-t-elle de sortes de styles ?

Quelles connaissances nécessitent ces caractères principaux de l'élocution ?

Quelles sont les différentes espèces de pensées ?

Où sont puisées les pensées naturelles ?

Quel est le caractère des pensées naïves ?

D'où vient l'agrément des pensées ?

Quel est le caractère des pensées délicates ?

Qu'est-ce que les pensées nouvelles ?

Quel est le caractère des pensées nobles ?

Quel est le caractère des pensées fortes ?

Qu'est-ce que les pensées sublimes ?

Qu'est-ce que la période ?

Quels sont les ouvrages de littérature qui réclament le style simple ?

Quels sont les ouvrages qui réclament le style tempéré ?

Quels sont les ouvrages qui réclament le style sublime ?

Qu'est-ce que les figures ?

Combien distingue-t-on de sortes de figures ?

Qu'est-ce que les figures de pensées ?

Combien distingue-t-on de figures de pensées ?

Qu'est-ce que l'interrogation, la subjection, l'apostrophe, etc. ?

Qu'est-ce que les figures de mots ?

Pourquoi avons-nous parlé des figures de pensées avant de parler des figures de mots ?

Quels sont les principaux tropes qu'emploie le discours ?

Quel est le caractère de la métaphore, de l'allégorie, de la catachrèse, etc. ?

Quelles sont les figures de mots proprement dits ?

Quelle est la fonction de l'ellipse, du pléonasme, de l'hyperbate, etc. ?

Le poëte doit-il toujours observer les règles du langage ?

L'ACTION.

Que renferme l'action ?

Parlez des modifications de la voix dans le discours.

Parlez du geste.

FIN DE LA RHÉTORIQUE.

LITTÉRATURE.

On entend par littérature la connaissance des belles-lettres, et l'on entend par belles-lettres la grammaire, la poétique et la rhétorique. Mais à ces connaissances, le littérateur doit joindre celles de l'histoire, de la géographie, de la mythologie et celles des lois et des coutumes; enfin, il doit connaître les ouvrages des écrivains célèbres.

PRÉCEPTES.

« On a remarqué que la nature travaille sur un « plan dont elle ne s'écarte point, et que chacun de « ses ouvrages est un tout : elle ébauche en quelque « sorte la forme de tous les êtres; cette forme se dé- « veloppe, et, dans un temps prescrit, peut atteindre « à la perfection. De même, tout ouvrage d'esprit « doit être un et simple; et, s'il a été écrit d'un seul « jet, il doit être revu et corrigé avec soin. Boileau « a dit :

Cent fois sur le métier remettez votre ouvrage.

« Mais l'esprit humain produira peu s'il n'a pas « été fécondé par l'étude, l'expérience ou la médi- « tation. Et pourtant l'étude, l'expérience et la mé- « ditation ne font ni le grand poëte ni le grand ora- « teur. L'heureux enchaînement de l'exorde, de la « narration et des autres parties du discours ora- « toire ; la pureté, l'harmonie et l'énergie du style ; « l'éloquence de la voix et du geste ne sont, pour « l'orateur, que des accessoires ; et si la nature n'a « rien fait pour lui, si le génie n'a rien ajouté à ses « moyens, il ne portera que difficilement la persua- « sion dans les cœurs, il ne touchera que faible- « ment. » (Châteaubriand.)

Quel que soit le sujet que l'on traite, quelles que soient les figures que l'on emploie, il faut toujours être pur et correct ; rimer le moins possible en prose, et ne jamais prosaïser en vers. Enfin il ne suffit pas que la pensée soit représentée avec les traits qui lui sont propres, avec la simplicité ou la majesté qui lui convient, il faut encore que le discours, l'ouvrage, ne se ressente point d'un travail quelquefois pénible, et que la narration des faits particuliers ou épisodes ne fasse point, par sa trop grande longueur, perdre de vue le sujet principal.

Toutefois, nous dirons au littérateur, et particulièrement au poëte, que si la pureté du langage donne ordinairement de la clarté à la phrase, quelquefois elle arrête les élans du génie, les épanchements de l'âme ou émousse les traits de l'esprit. Sans doute il est des règles dont la justesse a été démontrée, mais ces règles ne doivent point être, pour l'homme de lettres, des entraves qui embarrassent sa marche : quand la phrase poétique est claire, harmonieuse et cadencée, quand une image frappe en même temps qu'elle intéresse, le poëte a atteint au but qu'il s'était proposé; il ne vise point à cette exactitude rigoureuse que réclame la prose ordinaire, et il est aisé de se convaincre que, sans ces négligences et ces licences, qu'il se permet quelquefois, son vers perdrait quelque chose de la grâce et de l'harmonie qui nous le font aimer.

Avant de dire quelles sont les règles ou préceptes des genres différents, nous parlerons de la nouvelle littérature, de cette littérature du dix-neuvième siècle, qui devait, il est vrai, entraîner les esprits minces dans ses écarts, mais qui devait aussi, par le mélange des pensées sombres et religieuses, combinées entre elles et avec les riantes couleurs de la nature, faire jaillir une flamme si pure qu'elle va chercher les replis du cœur humain, et pourtant si douce que jamais elle ne blesse les yeux.

Si de cet arbre, jeune encore, que nous avons vu grandir, il n'est sorti que quelques jets superbes, c'est que l'étude et la méditation peuvent seules apprendre quels sont les soins qu'il réclame; mais les temps où il doit nous prodiguer ses fruits ne sont pas éloignés. Qui de nous, en lisant Châteaubriand et Lamartine, ne s'est pas écrié :

Ici, pour nous toucher, la foi parle à nos cœurs,
Et son accent si doux charme encor nos douleurs !

(V. J.)

L'un des plus grands défauts de la nouvelle littérature, c'est de prendre les idées accessoires hors du sujet ; c'est, dans la phrase poétique, de faire un trop fréquent emploi de l'enjambement ; c'est de tout sacrifier à l'effet que l'on veut produire. Cette poésie pourrait être belle, sans qu'une danseuse ingénue ne sentît *frissonner sur son épaule nue une main aux doigts noueux,* sans qu'un regard timide ne tombât *noir ou bleu d'une paupière humide,* etc., etc. A ces licences des grands poëtes, les prosateurs en vers ajoutent des chevilles que Maître Adam lui-même eût trouvées un peu faibles. Voici ce que l'un d'eux dit à la lune:

C'était dans la nuit brune,
Sur le clocher jauni,
La lune,
Comme un point sur un i.

Qui t'avait éborgnée
L'autre nuit ? T'était-tu
Cognée
A quelque arbre pointu ?

Ces vers sont d'Alfred de Musset ; mais cet auteur fait quelquefois de bons vers, et il en est de même de Victor Hugo.

M. Anot a dit : Puisque les mœurs, la religion, le langage, le climat, l'histoire, les sites, les productions de la terre ne sont pas les mêmes chez tous les peuples, l'imagination (principe de toute littérature) ne devait pas non plus présenter dans ses récits ou dans ses livres les objets de la même manière; et les récits d'Ossian ne devaient pas ressembler à ceux d'Homère.

Les écrivains du Nord et ceux de l'Allemagne et de l'Angleterre devaient donc, dans les premiers temps, suivre l'impulsion de leurs génie; ils devaient donc unir, dans leurs compositions, les larmes et le rire; les idées abstraites aux épanchements de l'âme; le courage et la terreur; le fanatisme religieux et la philosophie.

C'est à cette poétique que l'on doit les ouvrages de Schiller, de Gœthe, de Shakspeare, de Wieland et de Calderon. Selon cette poétique, toute idée est puisée dans la nature, dans la croyance religieuse des peuples et dans leurs mœurs. C'est surtout dans le drame que les nouvelles règles s'écartent de celles que Boileau et Laharpe ont formulées.

La nouvelle littérature aime à peindre le caractère, les mœurs, des personnages qu'elle produit sur la scène : Shakspeare s'identifie avec ses héros, et il n'en fait ni des Romains d'une vertu inaccessible, comme Corneille; ni des Romains philosophes, comme Voltaire. La passion chez les romantiques est déchirante et souvent sublime; elle peut exciter à un haut degré la terreur ou le courage, la férocité ou la pitié. C'est aux écrivains romantiques qu'il appartient de laisser voir leur âme tout entière, de nous parler du moyen âge, de la croyance aux fantômes, aux sorciers, et de mêler des scènes bouffonnes à des scènes sublimes, de produire ces contrastes qui ajoutent à l'intérêt.

C'est surtout le besoin de mettre leurs compositions sous les yeux du peuple qui porte les nouveaux écrivains à suivre ces préceptes.

Selon Victor Hugo, les préceptes de la nouvelle littérature consistent à voir plus que des mots dans les mots, et plus que des choses dans les choses.

Un littérateur de l'ancienne école, Hoffmann, a dit : « Si vous lisez une pièce de théâtre, des poésies ou un roman où se trouvent des mots barbares, des vers durs et sans hémistiche, à côté de quelques phrases bien construites; des expressions triviales, des termes impropres, à côté de termes qui conviennent à la pensée ; des expressions basses, à côté de mots gigantesques, cette pièce appartient à la nouvelle littérature, et telle est celle de Victor Hugo qui a pour titre *Hernani*.

Les poëtes de cette école chantent, dans la même pièce, les démons et les anges, les spectres, les gnomes, les sorciers et les possédés du démon; ils parlent minutieusement des vieux castels, de la cloche du soir, de l'oiseau funèbre et de la vieille tour; enfin, ils fouillent dans les ruines du moyen âge, et déterrent toutes les rêveries féodales et celles d'Ossian et d'Odin.

Cette hardiesse de tout dire devait séduire les jeunes écrivains du siècle, et la nouvelle école, représentée par Châteaubriand, Lamartine, Victor

Hugo, etc., devait s'élever en France, à côté de celle de Boileau, de Racine et de Laharpe (1)

GENRE ÉPISTOLAIRE.

Le genre épistolaire embrasse les lettres familières et l'épître : les lettres familières doivent tout au naturel, au cœur, au sentiment; c'est une conversation écrite: ce genre exige que l'on écrive comme l'on parle, mais il suppose que l'on parle correctement et sans affectation ; le style en est simple, il admet peu d'ornements et rien n'y est recherché, mais il évite le trop de négligence, et n'emploie jamais ces expressions triviales et ces proverbes populaires que rejette la bonne conversation. Ces phrases, par exemple : « Je prends la liberté de vous écrire pour « m'informer de l'état de votre santé; l'homme pro« pose et Dieu dispose, » ne sont pas du style simple, elles sont du style bas.

Une lettre reproduira les accidents et les couleurs de la conversation; le style en sera triste, grave, ou gai, naïf, selon le sujet. Le style épistolaire admet quelques-unes des figures de pensées et quelques-unes des figures de mots : les suspensions, les interrogations et les métaphores n'y sont point déplacées, quand ces figures conviennent au sujet, que l'on ne voit pas comment la pensée eût pu se rendre plus simplement.

(1) Les articles de M. Anot et ceux de Hoffmann étant fort longs, je n'ai dû reproduire que les idées de ces écrivains.

REMARQUES SUR LE STYLE DES DIFFÉRENTES ESPÈCES DE LETTRES.

Dans les lettres d'affaires, il faut passer d'un article à un autre sans chercher de transition, et s'exprimer clairement et sans équivoque.

Le ton des lettres de demande doit être modeste; les pensées doivent être justes, convaincantes, propres à persuader; l'art doit être bien caché. Quelquefois on fait entrevoir aux personnes qu'il est de leur intérêt d'accorder ce qu'on leur demande. — Si l'on demande quelque chose pour une autre personne, il faut parler du caractère, des vertus, des talents de cette personne.

Dans une lettre de remercîment, on exprime franchement sa reconnaissance, mais on évite la longueur : souvent le sentiment se peint en un seul mot.

Dans les lettres de conseil, on ménage l'amour-propre des personnes; il ne suffit pas que les conseils qu'on leur donne soient le fruit d'une raison saine, il faut encore les leur faire accepter par l'expression de la politesse.

Dans une lettre de reproches, il faut, en blâmant les procédés de la personne, justifier ses intentions.

Les lettres de condoléance demandent un style grave, mais négligé; un ton qui marque une douleur vraie.

Les lettres dans lesquelles on fait des descriptions exigent un style soigné, fleuri : que l'art ne paraisse point, et que le ton soit grave ou léger selon les choses que l'on décrit.

La qualité (Excellence, Monsieur, etc.) se place à trois doigts du haut de la page, et on laisse le même intervalle entre ces mots et le commencement de la lettre. Mais il n'y a que l'amitié intime ou une supériorité marquée qui puisse dispenser de mettre les titres des personnes élevées à quelque dignité au-dessus de ces mots : Excellence, Monseigneur, etc. Dans les lettres que l'on écrit à des personnes élevées à de hautes dignités, on emploie la troisième personne au lieu de la seconde ; on dit : La lettre dont votre Excellence m'a honoré.

Après ces mots : *je suis* ou *j'ai l'honneur d'être*, qui terminent ordinairement les lettres des personnes entre lesquelles il n'existe pas de fortes liaisons d'amitié ou d'amour, on répète le titre de la personne et on laisse un intervalle entre ce titre et ces mots : *votre très-humble et très-obéissant serviteur*, etc., qui précèdent la signature de celui qui écrit.

C'est au bas de la lettre que l'on met ordinairement la date. — On met sous enveloppe les lettres qu'on écrit aux personnes des premières classes de la société.

La pythagoricienne Mélisse, à Cléarète.

« Ma chérie,

« On voit que la nature elle-même a placé dans votre cœur le goût de la vertu ; dans l'âge où les femmes de votre rang ne sont occupées que du soin de leur parure, vous êtes assez indifférente sur la vôtre pour la soumettre à nos conseils ; c'est nous faire connaître, dès l'aurore de votre vie, que vous penserez toujours mûrement.

« Une femme bien née et qui pense mûrement ne consulte, dans sa parure, que la décence et la modestie ; loin d'afficher un luxe propre à fixer l'attention, elle rejette tous les ornements coûteux ou ridicules. Comme elle ne veut plaire qu'à son époux, elle trouve sa parure dans sa vertu, et non dans ses ajustements ; et l'attrait de la modestie lui prête bien plus de charmes que l'art et les émeraudes : son attention à faire tout ce qui est agréable à ses parents et à son époux, ses soins touchants, sa douceur, sa bonté, sa vertu, voilà ce qui relève sa beauté. Heureuse du présent, les richesses et la beauté de son âme lui promettent encore un doux avenir, tandis que la beauté des traits de la figure passe vite, et que les biens de la fortune s'épuisent.

« Votre amie bien affectionnée. »

(Traduit du grec, par ***.)

Voltaire à une jeune personne.

« Mademoiselle,

« Je ne suis qu'un vieux malade ; et il faut que mon état soit bien douloureux, pour que je n'aie pas répondu plus tôt à votre lettre. Vous me demandez quels sont les livres que vous devez lire : il ne vous faut point d'autre conseil que votre goût. Je vous invite pourtant à ne lire que les ouvrages qui sont en possession des suffrages du public, et dont la réputation n'est point équivoque. Il y en a peu, mais vous profiterez bien davantage en leur compagnie que vous ne le feriez dans celle des mauvais livres dont nous sommes inondés.

« Les bons auteurs n'ont que tout juste autant d'esprit qu'il en faut, ne le cherchent jamais et s'expriment toujours clairement. Les nouveaux livres sont, pour la plupart, un tissu d'énigmes ; tout y est affecté ; et la moindre affectation est un vice en littérature. Les Italiens n'ont dégénéré, après Le Tasse et L'Arioste, que parce qu'ils ont voulu avoir trop d'esprit ; et les Français sont maintenant dans le même cas. Voyez avec quel naturel Mme de Sévigné a écrit le plus grand nombre de ses lettres ; avec quelle bonhomie la Fontaine a écrit ses fables : relisez souvent Racine, Fénelon, Bossuet et Boileau ; apportez une grande attention dans la conversation ; et vous concevrez que l'on s'accoutume à bien écrire et à bien parler en lisant ceux qui ont bien écrit, et en écoutant ceux qui parlent bien.

« J'ai l'honneur d'être, etc. »

L'épître est une lettre en prose ou en vers dont le style est fleuri et facile.

Son tour facile et vif, heureux négligemment,
Respire l'abandon, la grâce, l'enjouement.

Mais quelquefois l'épître a de la dignité, de l'élévation, car elle prend le ton qui convient au sujet.

A MES PÉNATES.

Petits dieux avec qui j'habite,
Compagnons de ma pauvreté,
Vous dont l'œil voit avec bonté
Mon fauteuil, mes chenets d'ermite,
Mon lit couleur de carmélite
Et mon armoire de noyer;
O mes pénates, mes dieux lares,
Chers protecteurs de mon foyer,
Si mes mains, pour vous fêtoyer,
De gâteaux ne sont point avares;
Si j'ai souvent versé pour vous
Le vin, le miel, un lait si doux :
Ah! veillez bien sur notre porte,
Sur nos gonds et sur nos verrous!
Non point par la peur des filous,
Car que voulez-vous qu'on m'emporte?
Je n'ai ni trésors ni bijoux
Et puis voyager sans escorte.
Mes vœux sont courts, les voici tous :
Qu'un peu d'aisance entre chez nous,
Que jamais la vertu n'en sorte.

(Ducis.)

LE DIALOGUE.

Le dialogue est un entretien de deux ou de plusieurs personnes. On l'appelle philosophique, quand il a pour objet une vérité; mais si cette vérité est une situation de la vie pastorale, on l'appelle pastoral; et on l'appelle dramatique, quand il est mis en action et qu'il appartient aux pièces ordinaires de théâtre.

Il faut faire parler les personnages selon leur caractère, selon les opinions qu'ils ont émises dans la société ou dans leurs écrits.

Boileau a dit :

> Conservez à chacun son propre caractère.

Le dialogue renferme une idée grande, noble ou singulière, contredite ordinairement par l'un des interlocuteurs : à la fin, l'opinion vraie ou morale doit demeurer victorieuse ; et celui qui l'a combattue, doit être amené graduellement à l'adopter.

Il est des situations où, dans la crainte de déplaire, l'un des personnages détourne le cours du dialogue ; mais ces écarts ajoutent à sa beauté. Ceux qui peuvent lui nuire ont leur source dans un vice du sujet, dans les idées trop éloignées du sujet et dans les mots qui représentent ces idées.

Le dialogue demande de la justesse dans le raisonnement. Le style du dialogue doit être rapide, et plus ou moins élevé selon le sujet et les personnages.

LA FABLE.

La fable ou apologue est le récit d'une action vraisemblable, et qui renferme une instruction. Cette instruction est déguisée sous le voile de l'allégorie, et l'action est puisée dans la nature ; mais i n'est pas nécessaire qu'elle soit vraie, ni même attribuée à des êtres animés, parce que tout parle dans la fable, les dieux, les hommes, les animaux, les plantes, etc,

L'instruction ou moralité peut être renfermée dans la narration ou en être détachée.

Ce qui rend la fable si séduisante, c'est qu'on croit entendre un homme dont la bonhomie se plaît à répéter ces petits drames, qu'on lui a dits, ou qu'il croit avoir vus.

Le style de la fable est ordinairement simple, mais quelquefois il est figuré, noble, pittoresque.

C'est à notre bon la Fontaine que les Muses ont donné le sceptre de la fable.

Il semble l'ignorer, et ce sublime enfant
Au sommet du Parnasse arrive en se jouant :
Là sa muse ingénue a retrouvé les traces
De la simplicité, la première des grâces.

LE CHÊNE ET LE ROSEAU.

Le chêne un jour dit au roseau :
Vous avez bien sujet d'accuser la nature ;
Un roitelet pour vous est un pesant fardeau :
Le moindre vent qui d'aventure
Fait rider la face de l'eau
Vous oblige à baisser la tête ;
Cependant que mon front, au Caucase pareil,
Non content d'arrêter les rayons du soleil,
Brave l'effort de la tempête.
Tout vous est Aquilon, tout me semble Zéphir.
Encor si vous naissiez à l'abri du feuillage
Dont je couvre le voisinage,

Vous n'auriez pas tant à souffrir :
Je vous défendrais de l'orage ;
Mais vous naissez le plus souvent
Sur les humides bords des royaumes du vent.
La nature envers vous me semble bien injuste !
Votre compassion, lui répondit l'arbuste,
Part d'un bon naturel ; mais quittez ce souci ;
Les vents me sont moins qu'à vous redoutables :
Je plie et ne romps pas. Vous avez jusqu'ici
Contre leurs coups épouvantables,
Résisté sans courber le dos ;
Mais attendons la fin. Comme il disait ces mots,
Du bout de l'horizon accourt avec furie
Le plus terrible des enfants
Que le Nord eût portés jusque-là dans ses flancs :
L'arbre tient bon, le roseau plie ;
Le vent redouble ses efforts,
Et fait si bien qu'il déracine
Celui de qui la tête *au ciel était voisine* (1),
Et dont les pieds touchaient à l'empire des morts.

(La Fontaine.)

L'ENFANT ET SA MÈRE.

Un jeune enfant près de sa mère,
Jouant sur les bords d'un ruisseau,
Avec une rame légère
Dirigeait son petit bateau.
Mais tout pensif, incliné sur la rive,
Son œil suit chaque flot de l'onde fugitive :
— Maman, dit-il, où va cette eau ?
Après avoir roulé plus loin que la prairie,
Revient-elle baigner cette rive fleurie ? »

(1) On ne dit pas *voisine au ciel*, mais le vers suivant ou tout autre serait moins beau.

Celui qui dominait la plaine et la colline.

— Mon fils, cette eau fuit pour toujours :
Après mille et mille détours,
Ce ruisseau va se perdre au sein des mers profondes ;
Et la course de ses ondes
Est l'image de nos jours.

V. JUBIEN.

LE CONTE.

Le conte est le récit d'un événement réel ou imaginé ; il a des traits de ressemblance avec la fable : comme le fabuliste, le conteur fait agir et parler des personnages ; comme lui, il se met quelquefois en scène ; et, comme lui, à l'aide de la fiction, il embellit son récit.

Le conte demande un ton gai et naïf ; et l'esprit, loin de lui nuire, en fait ordinairement le mérite.

Il y a des contes qui peignent nos ridicules afin de nous en corriger, tels sont les contes moraux ; il y en a qui attaquent nos erreurs afin de nous en guérir, tels sont les contes philosophiques ; enfin, il y a des contes qui semblent n'avoir pour objet que de nous amuser, de nous faire rire, mais qui ne sont pas non plus dénués d'instruction.

L'ÉGLOGUE ET L'IDYLLE.

L'églogue et l'idylle sont, en quelque sorte, soumises à la même poétique ; ce sont de petites pièces où l'on fait ordinairement parler des bergers ; c'est le récit de leurs jeux, de leurs amours, de leurs querelles ; c'est le tableau de la campagne et de la vie champêtre. L'églogue veut plus d'action et de mouvement ; l'idylle, plus de récits et de tableaux : l'églogue met en scène ses bergers, l'idylle se borne à décrire leurs jeux, leurs querelles, etc., ou traite un autre sujet ; car tout ce qui se rattache aux jouissances paisibles de la campagne peut être de son domaine.

LA VIOLETTE.

Aimable fille du printemps,
Timide amante des bocages,
Ton doux parfum flatte nos sens,
Et tu sembles fuir nos hommages.

Semblable au bienfaiteur discret
Dont la main secourt l'indigence,
Tu nous présentes le bienfait,
Et tu crains la reconnaissance.

L'ombre est propice à ta candeur ;
Dans nos bosquets tu t'es cachée,
Et l'œil encor cherche ta fleur
Quand l'odorat l'a devinée.

Dans nos jardins que tes couleurs
Pour nous charmer osent paraître :
Tu vis au loin ; près de nos fleurs
Tu crains de t'éclipser, peut-être ?

Rassure-toi ; même à la cour
La bergère sait plaire encore :
On aime l'éclat d'un beau jour
Et les doux rayons de l'aurore.

La louange et les doux flatteurs
Qu'obtient la rose purpurine
Sont mérités ; mais sous les fleurs
Sa tige, hélas ! cache une épine.

Et nous devons à ta douceur
Nos soins constants et notre hommage :
La rose est reine. Aimable fleur,
De l'amitié sois l'apanage ;

Brille à sa cour ; que tes parfums
Embaument l'air dans le parterre,
Nous t'offrirons tous les matins
Une eau limpide et salutaire.

Que dis-je ? Non, dans nos bosquets
Reste, ô violette chérie :
Heureux qui répand des bienfaits,
Et comme toi cache sa vie.

C. Dubos.

L'ÉLÉGIE.

Quelquefois

La plaintive élégie, en longs habits de deuil,
Sait, les cheveux épars, gémir sur un cercueil.

(Boileau.)

Quelquefois l'élégie ne prend qu'une teinte de mélancolie, pour se plaindre de l'absence ou de l'infidélité des personnes tendrement aimées. L'élégie s'écrit ordinairement en vers.

LA PAUVRE ENFANT TROUVÉE SUR UNE PIERRE.

J'ai fui ce pénible sommeil
Qu'aucun songe heureux n'accompagne ;

J'ai devancé sur la montagne
Les premiers rayons du soleil.
S'éveillant avec la nature,
Le jeune oiseau chantait sous l'aubépine en fleurs;
Sa mère lui portait la douce nourriture ;
Mes yeux se sont mouillés de pleurs !

Oh ! pourquoi n'ai-je pas de mère ?
Pourquoi ne suis-je pas semblable au jeune oiseau
Dont le nid se balance aux branches de l'ormeau ?...
Rien ne m'appartient sur la terre ;
Je n'eus pas même de berceau !...
Bien jeune on m'exposa sur une large pierre
Devant l'église du hameau.

Loin de mes parents exilée,
De leurs embrassements j'ignore la douceur,
Et les enfants de la vallée
Ne m'appellent jamais leur sœur !

Je fuis les jeux de la veillée;
Et quand, sous son toit de feuillée,
L'homme des champs me fait asseoir,
Je pleure en voyant sa famille,
Autour du sarment qui petille,
Chercher sur ses genoux les caresses du soir.

Vers la chapelle hospitalière,
La seule demeure ici-bas
Où je ne sois point étrangère,
Pourtant j'aime à porter mes pas ;
Pourtant j'aime à voir cette pierre
Où commencèrent mes douleurs :
J'y cherche la trace des pleurs
Qu'en m'y laissant peut-être y répandit ma mère !

L'orphelin va prier lorsque ses pas errants
Parcourent des tombeaux l'asile solitaire ;
Mais pour moi les tombeaux sont tous indifférents :

L'enfant qu'on abandonne est seul et sans parents
Au milieu des cercueils ainsi que sur la terre.

J'ai pleuré quatorze printemps
Loin des bras qui m'ont repoussée :
Reviens, ma mère, je t'attends
Sur la pierre où tu m'as laissée.

(A. Soumet.)

Dans cette élégie, toutes les pensées ne convenaient pas au sujet, et nous avons dû corriger des fautes qui pouvaient refroidir l'admiration que nous causent ces beaux vers, qui pleurent.

LA SATIRE.

La satire signale les vices et les ridicules, et venge la piété, la vertu et le savoir. Voyez les satires de Boileau.

L'ÉPIGRAMME.

L'épigramme appartient au même genre que la satire, mais elle a moins d'étendue ; ce n'est qu'un mot piquant orné de quelques rimes.

Baour-Lormian adressa l'épigramme suivante à Le Brun :

Le Brun de gloire se nourrit,
Aussi voyez comme il maigrit.

Le Brun la lui renvoya après avoir ajouté une apostrophe à l'*m* du dernier mot.

LE DISCOURS.

Le discours a pour objet de persuader, et il doit émouvoir. Il demande des pensées fortes, et le style doit en être élevé et soutenu. Il demande une succession rapide et pressante de raisonnements vrais et naturels. Il se nourrit d'expressions hardies et de figures brillantes, mais il ne doit être ni guindé ni diffus.

LUSIGNAN A SA FILLE.

Mon Dieu, j'ai combattu soixante ans pour ta gloire ;
J'ai vu tomber ton temple et périr ta mémoire :
Dans un cachot affreux abandonné vingt ans,
Mes larmes t'imploraient pour mes tristes enfants ;
Et, lorsque ma famille est par toi réunie,
Quand je trouve une fille elle est ton ennemie.
Je suis bien malheureux !... C'est ton père, c'est moi,
C'est ma seule prison qui t'a ravi ta foi.
Ma fille, tendre objet de mes dernières peines,
Songe au moins, songe au sang qui coule dans tes veines :
C'est le sang de vingt rois, tous chrétiens comme moi ;
C'est le sang des héros, défenseurs de ma loi ;
C'est le sang des martyrs. O fille encor trop chère,
Connais-tu ton destin ? Sais-tu quelle est ta mère ?
Sais-tu bien qu'à l'instant que son flanc mit au jour
Ce triste et dernier fruit d'un malheureux amour,
Je la vis massacrer par la main forcenée,
Par la main des brigands à qui tu t'es donnée ?...
Tes frères, ces martyrs égorgés à mes yeux,
T'ouvrent leurs bras sanglants tendus du haut des cieux.
Ton Dieu que tu trahis, ton Dieu que tu blasphèmes,
Pour toi, pour l'univers, est mort en ces lieux mêmes ;

En ces lieux où mon bras le servit tant de fois ;
En ces lieux où son sang te parle par ma voix !...
Vois ces murs, vois ce temple envahi par tes maîtres :
Tout annonce le Dieu qu'ont vengé tes ancêtres.
Tourne les yeux : sa tombe est près de ce palais ;
C'est ici la montagne où, lavant nos forfaits,
Il voulut expirer sous les coups de l'impie ;
C'est là que de la tombe il rappela sa vie.
Tu ne saurais marcher dans cet auguste lieu,
Tu n'y peux faire un pas sans y trouver ton Dieu ;
Et tu n'y peux rester sans renier ton père,
Ton honneur qui te parle et ton Dieu qui t'éclaire.
Je te vois dans mes bras et pleurer et frémir ;
Sur ton front pâlissant Dieu met le repentir ;
Je vois la vérité dans ton cœur descendue,
Je retrouve ma fille après l'avoir perdue.
Et je reprends ma gloire et ma félicité
En dérobant mon sang à l'infidélité.

(VOLTAIRE.)

L'ÉLOQUENCE RELIGIEUSE.

A l'éloquence religieuse se rattache la morale. La morale est une partie essentielle de la philosophie ; elle a sa source dans l'intelligence des ouvrages de Dieu et dans l'étude de soi-même et des autres hommes. La morale doit être utile au plus grand nombre, car c'est la règle que nous devons suivre pour bien vivre avec nous-même et avec les hommes qui nous entourent.

La morale chrétienne, telle qu'elle est présentée dans les livres saints, est sublime ; la suivre, c'est vivre de manière à mériter les récompenses promises par Jésus-Christ dans la vie éternelle. Châteaubriand a dit :

« Les anciens n'ont connu que l'éloquence politique et l'éloquence judiciaire : la morale, c'est-à-dire la science de tout pays, de tout gouvernement, n'a été éloquente qu'avec la loi évangélique : Démosthène combat un adversaire ou tâche de rallumer l'amour de la patrie chez un peuple dégénéré ; Cicéron défend un client ou dénonce un tyran cruel ; l'un et l'autre ne savent qu'exciter les passions, et fondent toutes leurs espérances de succès sur le trouble qu'ils jettent dans les cœurs. L'éloquence religieuse a cherché les siens dans une région plus élevée. C'est en combattant les mouvements de l'âme qu'elle séduit ; c'est en apaisant toutes les passions qu'elle se fait écouter : Dieu et la charité, voilà son texte, toujours le même, toujours inépuisable. Il ne lui faut, pour briller, ni les cabales d'un parti ni de grandes circonstances : dans la paix la plus profonde, sur le cercueil du citoyen le plus obscur, elle trouve des moyens sublimes ; elle sait intéresser pour la vertu ignorée, et faire couler des larmes pour un homme de bien que l'on n'avait point connu.

« L'éloquence religieuse ne connaît ni la crainte ni l'injustice ; elle donne des leçons aux rois sans les avilir, et console le pauvre sans flatter ses vices. La politique et toutes les choses de la terre ne lui sont point étrangères ; mais ces choses, qui faisaient les premiers motifs de l'éloquence antique

« ne sont pour elle que des raisons secondaires ; elle « domine ces raisons des hauteurs où elle s'est pla- « cée, comme un aigle aperçoit, du sommet de la « montagne, les objets abaissés de la plaine. »

DESCRIPTIONS ET TABLEAUX.

Une description est la peinture douce et riante, ou vive et animée d'un objet. Un tableau présente les détails les plus intéressants que pouvait offrir un objet.

Les contrastes animent et varient les descriptions; le mélange d'idées naturelles, simples, riantes, et d'idées sombres et nobles font dans l'âme une impression durable.

La poésie se nourrit de descriptions ; mais le discours oratoire les rejette toutes les fois qu'elles ne sont pas un des moyens que nécessite la cause.

MAI. — L'ENFANT.

O mai! quand ta brise chérie
Parfume en se jouant ces lieux ;
Quand pour toi la terre embellie
De l'hiver reçoit les adieux,
Doucement mon œil se repose
Sur les fleurs et les arbres verts,
Et je dis : Qui créa la rose ?
Qui créa ce vaste univers ?

Mais les préceptes que ma mère
Imprima dans mon tendre cœur

Dévoilant pour moi ce mystère,
Je dis à tous : C'est le Seigneur,
C'est lui qui fixa les années,
Et ce mois lui doit ses atours,
Son gazon, ses fleurs diaprées,
Et ses parfums et ses beaux jours.

Ces jours, aussi doux que l'automne
Et plus séduisants que l'espoir
Qui nous présente une couronne,
Dieu les fit pour le chagrin noir,
Pour l'indigent que le froid glace,
Pour l'homme de fiel abreuvé,
Pour celui que la mort menace
Ou qui pleure un fils bien-aimé.

Sous un ombrage solitaire,
Près d'un ruisseau qui tombe et fuit,
Oui, la douleur est moins amère
Que dans le monde, où tout est bruit.
Mais c'est Dieu qui calme l'orage
Qui mugit au fond de nos cœurs ;
Du flot qui bondit sur la plage
C'est lui qui calme les fureurs.

Du jeune oiseau, sous l'aubépine,
Le nid bercé par les zéphirs ;
La chèvre en paissant qui chemine,
Tout le proclame. Instinct, désirs,
Sont les dons qu'il fit à la brute :
Le renard se creuse un terrier
Et le castor bâtit sa hutte
Sur le courant d'un clair vivier.

Il nous donna l'intelligence ;
L'enfant lui doit son lait si doux ;
Mais, pour ces biens, qu'il nous dispense
Comme un bon père, il veut de nous

Un cœur aimant, pur et sans tache,
L'humble prière et l'équité ;
Il veut que l'humanité sache
Que l'on doit tout à sa bonté.

Prions : heureux l'homme qui prie !
Sa foi le sauve du péché ;
Du crime, enfant de cette vie,
Jamais son cœur n'est entaché.
Prions : l'oiseau sous le feuillage
A la terre offre ses concerts ;
Offrons nos cœurs et notre hommage
Au créateur de l'univers (1).

(V. JUBIEN.)

PORTRAITS ET PARALLÈLES.

Un portrait est la description du corps, de la figure, etc. d'une personne. Si cette description a pour objet son hypocrisie, son avarice, sa vanité, etc., on l'appelle caractère.

Le poëte, l'orateur et l'historien font également des portraits.

PORTRAIT D'UN PERSONNAGE DU LUTRIN.

La jeunesse en sa fleur brille sur son visage ;
Son menton sur son sein descend à triple étage ;
Et son corps, ramassé dans sa courte grosseur,
Fait gémir les coussins sous sa molle épaisseur.

(BOILEAU.)

Les parallèles sont des comparaisons qui ont pour objet des personnes célèbres.

(1) Cette pièce appartient aussi à l'élégie.

Corneille et Racine.— Si un mélange de beautés et de fautes doit être préféré à des productions moins grandes, mais achevées; si le mérite d'avoir été le premier génie qui ait brillé après la longue nuit des siècles barbares, est un titre plus beau que celui d'avoir été l'écrivain le plus pur d'un siècle éclairé, c'est à Corneille et non à Racine qu'est réservée la première place dans nos annales littéraires.

GENRE LYRIQUE.

LES STANCES.

Les stances ont de la douceur et de l'harmonie, mais point d'impétuosité, point de grands mouvements : le néant des vanités humaines, l'amitié, la mélancolie et les charmes de la retraite sont les sujets dont elles s'occupent. (Voyez l'ouvrage qui a pour titre : *Difficultés de la syntaxe.*)

UNE MÈRE A SA FILLE.

Écoute, enfant, les conseils d'une mère ;
De sa parole un jour le souvenir
Doit te guider dans cette vie amère
Pour traverser la peine et le plaisir :

Sois sans orgueil : la plus haute noblesse,
Le grand savoir, les grâces, la beauté,
Ne plairaient point sans douceur ni simplesse :
Joins la candeur à l'amabilité.

Dans nos bosquets l'aimable violette
Ne s'offre point aux regards du soleil ;
A tous les yeux qu'une simple toilette
Cache ton corps, le jour, dès ton réveil.

La rose est belle, et sa pudeur la pare :
Ne cache point ton corps sous des rubans ;
D'or, de rubis, que ta main soit avare ;
Joins une fleur à tes ajustements.

Si ton oreille entend l'aveu sincère,
L'aveu d'un cœur qui flatte ton espoir,
Que ton secret, dans le sein de ta mère,
Soit déposé, ma chère enfant, le soir.

Si le malheur te suit dans cette voie,
Que ta douleur n'attriste point les jours
Du tendre époux qui vivait de ta joie :
L'espoir encor peut en remplir le cours.

Souvent le riche a flétri l'indigence
Qui l'entourait et d'égards et de soins :
Eloigne-toi du seuil de l'opulence
Si ton travail suffit à tes besoins.

Mais Dieu du pauvre écoute la prière,
Et la vertu trouve sur son chemin
Un abri sûr, une âme hospitalière,
L'amitié vraie et sa part du festin.

De ton réduit si l'aveugle déesse
Heurte la porte, un beau jour en passant,
Parmi les grands conserve ta simplesse
Et vois un frère en l'honnête indigent.

(*Une élève de M. Jubien.*)

L'ODE.

Si la phrase poétique a de l'élévation et de la noblesse ; si les images sont propres à faire une forte impression, et si un certain désordre, qui semble naître de l'enthousiasme, règne dans toute la pièce, cette pièce prend le nom d'ode, et les stances celui de strophes.

LE TEMPS.

Le compas d'Uranie a mesuré l'espace.
O Temps, être inconnu que l'âme seule embrasse !
Invisible torrent des siècles et des jours,
Tandis que ton pouvoir m'entraîne dans la tombe,
J'ose, avant que j'y tombe,
M'arrêter un moment pour contempler ton cours.

Qui me dévoilera l'instant qui t'a vu naître ?
O Temps, quel œil remonte aux sources de ton être ?
Sans doute ton berceau touche à l'éternité :
Quand rien n'était encore, enseveli dans l'ombre
De cet abîme sombre,
Ton germe y reposait, mais sans activité.

Du Chaos tout à coup les portes s'ébranlèrent,
Des soleils allumés les feux étincelèrent ;
Tu naquis ; l'Éternel te prescrivit ta loi.
Il dit au mouvement : « Du temps sois la mesure. »
Il dit à la nature :
« Le temps sera pour vous, l'éternité pour moi ! »

Dieu, telle est ton essence ; et l'océan des âges
Roule au-dessus de nous, règne sur les ouvrages ;
Mais il n'approche point de ton trône immortel.

Des millions de jours qui *l'un l'autre* s'effacent,
Des siècles qui s'entassent,
Sont comme le néant aux yeux de l'Éternel.

Et moi, sur cet amas de fange et de poussière,
En vain contre le Temps je cherche une barrière;
Son vol impétueux me presse, me poursuit :
Je n'occupe qu'un point de la vaste étendue,
Et mon âme éperdue
Sous mes pas chancelants voit ce point qui s'enfuit.

De la destruction tout m'offre des images,
Mon œil épouvanté ne voit que des ravages :
Ici, de vieux tombeaux que la mousse a couverts;
Là, des murs abattus, des colonnes brisées,
Des villes embrasées :
Partout les pas du Temps empreints sur l'univers!

Cieux, humains, éléments, tout est sous sa puissance;
Mais tandis que sa main, dans la nuit du silence
De ce vaste univers sape les fondements,
Sur des ailes de feu, loin du monde élancée,
Mon active pensée
Plane sur les débris entassés par le Temps.

Siècles qui n'êtes plus, siècles qui devez naître,
Je viens vous appeler, hâtez-vous de paraître;
Au moment où je suis venez vous réunir.
Je parcours tous les points de l'immense durée,
D'une marche assurée
J'enchaîne le présent, je vis dans l'avenir.

Du soleil épuisé la lumière plus douce,
De ses feux par degrés verra tarir la source;
Et des mondes vieillis les ressorts s'useront,
Ainsi que les rochers, qui du haut des montagnes
Roulent dans les campagnes,
Les astres *l'un sur l'autre* un jour s'écrouleront.

Là, de l'éternité commencera l'empire,
Et dans cet océan, où tout doit se détruire,
Le temps s'engloutira comme un faible ruisseau.
Mais mon âme immortelle, aux siècles échappée,
Ne sera point frappée,
Et des mondes brisés foulera le tombeau.

(THOMAS.)

A LA BIENFAISANCE.

Bienfaisance, ô toi qui présides
Aux besoins de cet univers;
Toi qui nous soutiens, qui nous guides,
Qui soutiens tant d'astres divers,
Es-tu l'esprit, l'intelligence?
Es-tu Jéhovah, le Dieu fort,
Qui tient de soi son existence,
Et que n'atteindra point la mort?

Tu remplis toute la nature
Et je te vois dans le ruisseau
Qui coule avec un doux murmure
En portant son onde au hameau.
Je te retrouve à la prairie,
Où sous tes pas naissent les fleurs:
Es-tu le bois, la bergerie?
Es-tu l'aurore, es-tu ses pleurs?

Es-tu le cercle que Cybèle
Décrit dans les plaines de l'air,
Ou l'astre qui pesait vers elle
En plongeant ses feux dans l'éther,
Quand, par la chaleur fécondée,
Elle offrait à ses habitants,
Avec sa brise parfumée,
Son automne ou son beau printemps?

Qui que tu sois, ô bienfaisance !
Fille de la terre ou du ciel,
Dans la coupe de l'indigence
Que ta main verse un peu de miel,
Et ton buste aura la couronne
Que je tressais pour ce guerrier
Qui tomba, trahi par Bellone,
De son char couvert de laurier.

Il voulut traverser la vie
Avec la foudre et les éclairs,
Et, loin de sa belle patrie,
Le héros mourut dans les fers.
Pourtant son cœur était sensible ;
Il fut brisé par la douleur
Quand un mal funeste, invincible,
Dans son camp porta la terreur.

C'était au pied des Pyramides :
Qu'il était grand ! Sa main pressait
La main des compagnons livides
Que ce mal affreux dévorait.
Ah ! de ce dévoûment sublime
Le riche est loin ; fier, corrompu,
Son cœur a médité le crime,
De ma douleur il s'est repu.

Et son orgueil, vain et superbe,
En laissant tomber ses bienfaits,
A courbé mon front jusqu'à l'herbe
Qui croît au seuil de son palais.
Bienfaisance, ô vierge adorée !
Le crime a souillé tes autels,
Et la pitié s'est envolée
De la demeure des mortels.

(V. Judien.)

Delille a traité le même sujet ; mais ses strophes, si l'on peut ainsi qualifier de belles stances, manquent de chaleur. (Voyez l'*Abeille du Parnasse.*)

L'ode anacréontique chante l'Amour et les Grâces. C'est parmi les chansons de Béranger qu'il faut chercher les modèles de ce genre.

LA CHANSON ET LA ROMANCE.

La chanson se divise en érotique, bachique et vaudeville. La chanson érotique chante les jeux et les plaisirs, l'Amour et sa mère. La chanson bachique chante le vin. Le vaudeville poursuit les ridicules en agitant les grelots de la folie.

La romance prend une teinte de mélancolie et retrace de belles actions, ou des plaintes et des regrets.

LES HYMNES ET LES CANTIQUES.

Les hymnes et les cantiques ne diffèrent de la chanson que par la sainteté du sujet.

LA BALLADE.

La ballade est soumise aux mêmes règles que la chanson ; mais, bien qu'elle appartienne au genre lyrique, elle s'applique à plusieurs autres genres et demande, selon le sujet, un style plus ou moins élevé.

LA CANTATE.

La cantate peint une situation ou une action et emploie des récitatifs; elle exige un style plus élevé que celui de la chanson; dans cette petite pièce, la période poétique n'est point assujettie à un nombre de vers déterminé. (Voyez la cantate de Circé, par J.-B. Rousseau.)

— Nous ne parlerons point du sonnet, du rondeau, du triolet, du madrigal, etc., dont la mode est enfin passée; mais nous donnerons la poétique de l'énigme et de la charade; elle prescrit de couvrir le mot auquel s'appliquent ces petites pièces d'un tissu assez épais pour qu'un premier effort d'esprit ne puisse pas l'apercevoir; et, pour la charade, de choisir un mot de trois syllabes au plus. Voici l'énigme que le Sphinx proposait aux passants : « Quel « est l'animal qui, le matin, marche à quatre pieds; « à midi, à deux; et le soir, à trois? »

CHARADE.

Mon premier régit tout : sa puissance absolue
Impose; et mon second, par la grâce embelli,
N'a point, malgré les temps, son visage flétri.
Mon tout flatte le goût, l'odorat et la vue. (V. J.)

Ne doutant pas de la perspicacité de mes jeunes lecteurs, je leur dirai aussi : devinez. Mais plus pacifique que le Sphinx, je leur pardonnerai s'ils ne devinent pas. (Voyez, dans les ouvrages de grammaire du même auteur, les règles de la versification.)

L'HISTOIRE.

L'histoire est le récit des événements qui intéressent les hommes. Elle se divise en histoire sacrée et en histoire profane. La première renferme celle des Juifs et celle de l'Eglise. La seconde comprend l'histoire ancienne et l'histoire moderne.

L'histoire est générale ou particulière; l'histoire générale embrasse les événements du monde connu; l'histoire particulière ne parle que de ceux d'un royaume, d'une province, etc.

L'historien recherche sincèrement la vérité, il ne cède à aucune considération particulière. Il n'y a rien de certain dans le profane si l'on remonte au-delà de quatre mille années.

L'histoire littéraire a pour but de fixer l'époque de la naissance, des progrès et de la décadence des arts et des sciences; elle se rattache à l'histoire profane. L'histoire naturelle est un tableau abrégé des objets que renferme le monde; elle se rattache à la physique. Pour ce qui regarde le style de l'histoire, voyez la rhétorique.

LE ROMAN.

Le roman est une fiction ingénieuse qui offre un tableau de la vie humaine. Les épisodes qui entrent dans le roman doivent être assez attachants pour ne

pas donner au lecteur l'envie de revenir au sujet principal. L'intrigue doit être facile et intéressante ; les personnages doivent parler et agir selon les usages de la nation où on les a pris. Le dénoûment doit naître des obstacles qui le retardaient et être amené naturellement.

Le style du roman doit être plus ou moins élevé, selon le caractère, l'état, etc. des personnages. — Un roman de Victor Hugo (*Les Misérables*) a eu une grande vogue.

LA NOUVELLE.

La nouvelle ne diffère du roman que parce qu'elle a moins d'étendue.

LE POËME ÉPIQUE.

Le poëme épique, ou épopée, est le récit en vers d'une action héroïque, vraisemblable et intéressante.

Trois choses principales, l'action, la morale et la poésie constituent l'épopée. L'action doit être grande, une et entière. Le dessein doit être formé dès le commencement du poëme : le récit des obstacles que le héros franchit ne doit point nuire à l'unité du dessein, et les principaux personnages ne doivent point disparaître. L'action renferme la cause, le nœud et le dénoûment. La cause doit être digne du héros. Le nœud et le dénoûment doivent être simples, naturels.

Le merveilleux, c'est-à-dire ce qui surpasse les lois ordinaires de la nature, comme l'intervention des dieux, est un ornement que réclame le poëme épique. Le temps de l'action principale, depuis le point d'où part le héros ou la narration, ne peut être de plus d'un an, mais le poëme peut rappeler les hauts faits du héros dans d'autres temps. Le poëte divise sa fable en deux parties : l'une où son héros parle, raconte ses aventures ; l'autre où le poëte fait lui-même le récit de ce qui arrive ensuite à son héros.

L'épopée doit renfermer une leçon morale, et tous les personnages qu'elle emploie doivent porter l'empreinte de leur caractère.

Le style de l'épopée doit être noble et pittoresque. Les poëmes d'Homère, l'Enéïde de Virgile, la Jérusalem délivrée de Le Tasse, la Lusiade de Camoëns, le Paradis perdu de Milton et la Henriade de Voltaire sont les seuls poëmes épiques dignes d'être cités pour exemples, et tous ces poëmes renferment des fautes.

LE POËME DIDACTIQUE.

Dans le poëme didactique, le poëte se propose d'instruire en guidant les arts ou en ornant une vérité des charmes de la poésie. (Voyez l'*Art poétique* de Boileau et le poëme des *Jardins* de Delille.)

LE POÈME DRAMATIQUE.

Le poëme dramatique est une fable mise en action. Si, comme dans l'épopée, cette fable a pour objet une action héroïque et peint de grandes passions, comme la terreur, la pitié, on l'appelle *tragédie*. Si elle est prise dans la vie commune et peint nos travers, nos ridicules, elle prend le nom de *comédie*.

La tragédie et la comédie doivent renfermer une moralité. La durée de l'action est de douze heures au plus, et celle de la représentation de trois heures au plus. Le lieu où se passe l'action s'appelle scène : il n'est pas nécessaire que la scène soit dans le même lieu pendant toute la durée de l'action, mais la distance qui sépare le lieu de chacun des actes doit être telle qu'on puisse supposer que les personnages l'ont parcourue dans l'intervalle d'un acte à l'autre. — Observons que la nouvelle littérature ne tient pas toujours compte de ces règles.

Toute action dramatique exige une exposition, un nœud et un dénoûment. L'exposition doit se faire dans le premier acte : les personnages doivent se caractériser dans leurs paroles et dans leurs actions, exposer le motif qui les fait parler et agir, et marquer le lieu et le temps sans paraître le faire à dessein.

L'action doit commencer le plus près possible de la catastrophe ; et, lorsqu'elle semble finir, un incident imprévu doit en prolonger la durée. L'auteur ne doit pas partager son sujet au milieu d'une action : lorsqu'un nouvel acte commence, il faut que l'on puisse supposer que les acteurs qui ne sont pas en scène agissent hors du théâtre. C'est dans l'intervalle d'un acte à l'autre que l'auteur place toute action désagréable à la vue.

Les actes se divisent en scènes : les scènes sont ce qui se fait au théâtre lorsqu'il y arrive ou qu'il en sort quelque acteur. Un acte ne peut avoir ni plus de vingt scènes ni moins de trois. Le monologue et l'aparté entrent dans la composition des scènes.

Il faut que les personnages subalternes et les épisodes soient si nécessaires que, sans eux, le sujet ne puisse pas se diviser en actes.

On appelle coup de théâtre, cette surprise qui en change tout à coup la face.

La tragédie est toujours en cinq actes, mais la comédie peut n'avoir que trois actes et même que deux. La tragédie veut du sang, elle finit presque toujours par un événement funeste. La comédie corrige les mœurs en riant. La tragédie est toujours en vers. La comédie s'écrit en prose ou en vers indifféremment. Pour la tragédie, voyez les Horaces de Corneille, l'Athalie et la Phèdre de Racine, la Zaïre et la Mérope de Voltaire, et Marino Faliero de C. Delavigne. Pour la comédie, voyez le Misanthrope et le Tartufe de Molière, le Méchant de Gresset, la Métromanie de Piron et l'École des vieillards de C. Delavigne.

LE DRAME.

Le drame est une pièce d'un genre mixte ; il tient de la tragédie et de la comédie, mais les larmes et le rire sont deux impressions qui se détruisent l'une l'autre, et le drame est moins touchant que la tragédie et moins gai que la comédie.

Le drame est pris ordinairement dans la vie commune ; et il déplore des malheurs attachés à des préjugés ou à des devoirs.

L'OPÉRA.

L'opéra est une espèce de poëme mis en action. Il emprunte, pour charmer l'oreille et les yeux, les secours de la musique, les changements de décorations et, quelquefois, la danse.

L'opéra doit offrir les plus brillantes situations et les événements les plus extraordinaires ; le merveilleux entre ordinairement dans sa composition.

L'action, dans l'opéra, étant subordonnée à la musique, il est de toute nécessité que les personnages de cette espèce de drame expriment leurs peines et meurent en chantant.

Une machine amène quelquefois le dénoûment avec succès : la princesse Armide, dans l'opéra du même nom, part sur un char volant et l'œil la suit encore dans les airs quand la toile tombe.

LE VAUDEVILLE.

Le vaudeville est une espèce de comédie en prose mêlée de couplets ; il tient de la comédie et de l'opéra. La satire du vice, les modes ridicules, les préjugés contraires au bonheur de tous et la parodie des ouvrages de littérature sont de son domaine ; mais quelle que soit la fable que l'on a choisie, la marche du vaudeville doit être rapide, parce que les couplets en prolongent toujours assez la durée.

DES HORS-D'ŒUVRE ET DE L'ENJAMBEMENT.

On appelle hors-d'œuvre des morceaux qui ne tiennent pas au sujet que l'on traite. Les pièces où des pensées minces sont ornées de tours pompeux et d'expressions sublimes sont aussi des hors-d'œuvre.

La nouvelle littérature a produit beaucoup de hors-d'œuvre. Que le sujet soit grand ou petit, les poëtes du siècle montent presque toujours leur lyre au ton de l'ode, et l'on serait porté à croire qu'il est de rigueur que Dieu ou la lune serve de complément à leurs pensées. La suite de la description de la chute du Rhin, où Lamartine dit : *Regarde, ô mon âme !* est un hors-d'œuvre. — Il faut que les pensées religieuses soient fondues dans le texte.

Le blâme que ces poëtes ont encouru pour avoir trop multiplié l'enjambement est d'un caractère moins grave parce que cette licence détruit la monotomie du style et, quelquefois, donne lieu à de grandes beautés. Sans copier servilement ces beautés dans nos poëtes célèbres, on peut chercher à produire le même effet. Voici des exemples :

Faut-il qu'en un moment un scrupule timide
Perde... Mais quel bonheur nous envoie Athalide ?

(RACINE.)

Haletante, de loin : « Mon cher fils, tu vivras !
« Tu vivras !... » Elle vient s'asseoir près de sa couche.

(CHÉNIER.)

L'essieu crie et se rompt. L'intrépide Hippolyte
Voit voler en éclats tout son char fracassé.

(RACINE.)

On entendait au loin retentir une voix
Lamentable, et la foudre éclatait sur les toits.

(V. J.)

Imité du latin :

Vox quoque per lucos vulgo exaudita silentes
Ingens. . . . .

DE LA PARODIE.

La parodie est un genre qui se rattache au vaudeville. Ces beaux vers :

Il était sur son char ; ses gardes affligés
Imitaient son silence, autour de lui rangés

peuvent se parodier ainsi :

Il était sur son âne, et ses chiens efflanqués
Marchaient le nez au vent, autour de lui rangés.

Dans la mort de César, l'acteur étant demeuré court après ce vers :

Du plus grand des Romains voilà ce qui nous reste,

un des spectateurs dit :

Son habit, son chapeau, sa culotte et sa veste,

Après avoir entendu ce vers d'une autre tragédie :

Enfin, après dix ans je te vois, cher Arbate !

un autre dit :

Avec ton même habit et ta même cravate.

L'IMITATION ET LE PLAGIAT.

L'imitation guide l'écrivain dans le choix des pensées et dans le choix des tours qui peuvent orner son style; elle exige qu'il reproduise les pensées et les tours sans se servir des mêmes mots que le passage qu'il veut imiter.

Le plagiat ne change rien aux pensées et aux mots, et pourtant cherche à cacher son larcin. — Si, dans la rédaction des ouvrages classiques, on donne des phrases entières d'un autre auteur, il faut indiquer la source où l'on a puisé.

Observons, en achevant de dicter ces leçons, que si, en littérature, il y a peu de règles sans exception, l'ensemble des règles atteint toujours au but qu'on se propose, et que parler convenablement à la chose, aux personnes, aux temps et aux lieux est un précepte qui s'applique également à tous les genres. Bien que le plan d'un ouvrage ne soit pas toujours tracé par les règles, bien que, lorsqu'un ouvrage est long et compliqué, l'écrivain ne puisse pas toujours le pénétrer d'un seul effort de génie, il parvient ordinairement, après une longue méditation, à en saisir tous les rapports. Mais quels que soient le génie et le savoir de celui qui jette à l'aventure des traits de lumière, quelque justes que soient les pensées, quelques beautés qu'offrent les détails, son ouvrage, dont l'esprit ne peut saisir l'ensemble, ne touche que faiblement.

FIN

TABLE DES MATIÈRES.

RHÉTORIQUE.

L'INVENTION.

LA DISPOSITION.

L'ÉLOCUTION.

L'ACTION.

LITTÉRATURE.

FIN.

Paris. — Imprimerie Divry et Cᵉ, rue Notre-Dame des Champs, 49.

PARIS. — IMPRIMERIE DIVRY ET Cie,

rue N.-D. des Champs, 9.

www.ingramcontent.com/pod-product-compliance
Ingram Content Group UK Ltd.
Pitfield, Milton Keynes, MK11 3LW, UK
UKHW020245220726
13923UKWH00002B/822

9 782019 313753